이별 후에 시작되는 사랑이 있어요
:슬프고 야하고 다정한

여는 말

기적이에요

한 사람이 한 사람을 필요로 하고 너무나 원하고 사랑하는 순간

그 사람도 그 사람을 필요로 하고 너무나 원하고 사랑한다는 게

오늘은 우리가 함께한 기적의 흔적들로 혼자 웃고 우는 날이네요

고마워요

손바닥 길게 패인 손금으로
가만히 너의 광대 즈음을 어루만지다가
엄지손가락 지문의 잔잔한 결들로
너의 작은 입술을 천천히 스치우다가
다섯 손가락의 끝과 다듬은 손톱으로
너의 등허리를 길게 길게 쓸어내리다가
-손톱은 긴 점선을 남기듯 닿다가 말다가-
너의 어깨 부드러운 곡선 위에
맥박 뛰는 나의 목을 내려놓고 울다가
너의 이마와 코와 가슴과 아랫배와 허벅지에
나를 꼭 맞게 겹치다가
한쪽 허벅지를 너의 허벅지들 사이에 넣어
너의 다리 무게를 온전히 느끼다가
발바닥 안쪽 움푹 파인 면의 까슬한 굳은살로
너의 둥근 종아리를 간질다가

하루가 간다

하루가 간다

슬픈 세상에 그대가 산다는 게 참 슬프다가
슬픈 세상에 그대와 산다는 게 참 다행이다가
슬픈 세상에 그대 곁에 겨우 나라는 게 참 미
안하다가
슬픈 세상에 슬퍼하며 살아야 한다면 그대의
슬픔까지 안고 살 수 있기를 기도하며 잠이
듭니다

울고 또 울어 넘쳐흐르는 슬픔 위에 작은 배
하나 떠 있습니다

그 안에 그대와 나와
끝날 듯 이어지는 이야기와 노래와 쓸쓸하고
다정한 세상과

슬픈 세상에 그대

그대가 제 위에 처음 앉은 날이 기억납니다. 그대의 몸은 그대로 처연하게 아름다웠습니다. 그대는 붉게 달아오른 얼굴을 보이기 싫어 고개를 돌리거나 제 품에 파묻었지요. 한사코 불을 꺼야 한다는 그대와 그대를 하나하나 눈에 담고 싶은 저의 다툼은 그대가 이겼습니다

저는 가만히 기다렸지요. 눈이 어둠에 익숙해져 그대와 그대가 아닌 것들을 나누는 길고 부드러운 선이 드러날 때까지. 그 선은 언젠가 TV에서 본 극지의 오로라처럼 황홀하게 빛났습니다

극지에는 3~4개월 동안 해가 뜨지 않는 끝없는 밤이 있다고 합니다. 아, 그대와 함께한 그날의 밤이 그러하였다면

이 글을 쓰고 있는 카페의 큰 창 너머로 첫눈

옵니다. 하나하나 헤아리는데 제 뺨에도 몇
송이 내려와 녹아 흐릅니다. 먹어 보니 그대
맛이라 넘기지 못했습니다

그저 머금고 극야를 지새고 있습니다

그대가 처음 앉은 날

우리 이제 헤어져요. 기억력이 나쁜 저는 곧 그대를 잊고 살겠죠. 사는 의미도 잃어버린 채 껍데기만 남을 거예요. 그럼 준비가 끝나요

십 년 전 우리가 만났던 거리도 / 제가 걸어준 하얀 목도리도 / 오랜 망설임 끝에 겨우 닿고서도 내내 떨렸던 첫 입맞춤도 / 소주잔을 꼭 감싸 쥔 검지손가락을 마주 대며 짠- 했던 우리만의 습관도 / 기념일 와인을 고르다 크게 다퉜던 날 백화점 지하 1층의 깜박이던 크리스마스 트리 전구들도 / 잠시 헤어져 있을 때 우연히 마주친 핼쑥한 얼굴의 그대도 / 그 얼굴을 말없이 쓸쓸하게 오래 바라보던 저도 / 그대의 작은 원룸에서 삶에 지친 서로를 위로하다 사랑하다 끝내 함께 울어버린 그날 밤도 아, 그날 밤

실내 공기가 쌀쌀해 / 우리가 닿아 있는 절반은 뜨겁고 / 등은 추워 소름 돋는데 / 제 아

래 누운 그대의 눈물 / 커다란 눈에 고여있
다 마침내 넘쳐 / 눈가에서 광대 위로 관자놀
이로 귀 뒤로 그대의 싱글 침대로 내리는데
/ 저는 두 팔로 그대의 머리를 안고 / 가만히
그대의 눈물을 핥고 있었죠 / 제가 사랑한다
했었나요 짜다 했었나요 / 둘 다였는지 그대
는 울다 웃다 울다 웃었어요 / 저도 함께 울
고 웃으며 그대의 엉덩이를 봐야겠다 장난쳤
죠 / 그대의 눈물 맛이 생각나요 / 슬프고 다
정한 맛

우리 이제 헤어져요. 기억력이 나쁜 저는 곧
그대를 잊고 살겠죠. 사는 의미도 잃어버린
채 껍데기만 남을 거예요. 그럼 준비가 끝나
요

텅 빈 제 삶을 떠나 모든 것을 기억하는 그대
기억에 살게요. 안녕 안녕

그대는 초능력자 -완전기억능력-

정말의 받침을 서로 바꾸면 절망이 되는 거 알아요? 저는 열일곱 살 때 알았어요. 짝사랑 하는 아이에게서 '나 그 사람 많이 좋아하는 것 같아' 카톡을 받으면서요. '정말?'이라고 답했는데, '절망'이라고 보냈더라구요. 바로 키을 이백 개로 절망을 화면 위로 올려버리고 다시 정말로 고쳐 보냈어요. 제 마음 들킨 것 같아 '그래. 잘됐으면 좋겠다' 얼른 마무리했 지요

속으로는 '잘 안됐으면 좋겠다. 잘 안됐으면 좋겠다. 잘 안됐으면 좋겠다. 정말.' 했어요. 둘이 잘 됐는지 안 됐는지는 기억이 안 나지 만 정말이 절망이 된 그 순간은 지금도 생생 해요

아, 정말 절망이었나 보다

하하. 지금은 웃으면서 말할 수 있네요. 미안

해요. 꼭 하고 싶은 말이 있다고 불러 놓고선
실없는 농담이나 하고. 오늘이 마지막이어도
그대와 소주 한잔하고 싶었어요

내 잔은 비고 차고 비는데
그대의 잔은 처음 채운 그대로네요.
저보다 주량도 많으면서

왜 자꾸 울어요. 정말
오늘 술이 참 달아요. 정말
정말이에요
정말

정말

예능 '방구석 1열'을 보다 잠든 그대 곁에서 생각했어요. 우리가 10년 전 그때 헤어졌다면 어땠을까. 각자의 삶을 살다 10년 만에 우연히 만나 커피를 마시게 된다면 어떨까

저는 그때도 이것저것 하고 있는 일이 많겠죠. 사소하고 즐거운 일들, 돈 안 되고 웃기는 일들로 분주한 일상을 한참 떠들 거예요. 삼십 분은 더 지나서야 정신을 차리고 그대 안부를 묻겠죠. 그럼 그대는 소리 없이 입술을 모았다 양옆으로 당기며 말할 거예요. "난 잘 지내. 똑같지 뭐." 그리고 한숨 한 번. "사는 게 다 그렇지 않나." 따뜻한 아메리카노 한 모금. 천천히 고개를 돌려 창밖을 바라보겠지요. 전 알아요. 그럴 때 그대는 어느 곳도 보고 있지 않다는걸. 그러다 그대가 문득 고개를 돌려 나를 보며 말해요

"그거 알아? 여기 스타벅스. 우리 10년도 더 전에 같이 와 본 적 있어. 넌 다 잊었겠지. 예

전에도 기억하는 건 늘 내 몫이었으니까. 둘 다 햇살을 그대로 받는 걸 좋아해서 그때도 이렇게 창가 자리에 앉았어. 넌 햇볕이 따듯 하게 등을 데우는 게 좋다고 엎드려 이야기하 다 졸다 했고, 난 감은 눈꺼풀 너머로 살살 눈 을 간지럽히는 햇살의 반짝거림을 즐겼지. 정 말 너는 하나도 안 변했구나"

아, 그 다음은 모르겠어요. 잠시 커피만 홀짝 이다 각자의 삶으로 흩어질지. 사는 건 온통 별일이라고 다시 제가 이야기를 쏟아낼지. 그 리고 다음, 또 다음이 있을까요

우리는 다시 사랑할 수 있을까요

만약에 우리 헤어졌다면

그대
밤심이라는 말 알아요?

낮 열두 시에 먹는 건 점심
밤 열두 시에 먹는 건 밤심

점심은 배가 고파요
뭐라도 먹었으면 좋겠다

밤심은 입이 심심해요
짜파게티에다 묵은지 먹고 싶다

아 밤심 당긴다
아까부터 계속 그대 고픈데

어서 와요

밤심

그대는 늘 제 거기가 제일 좋다고 했죠
특히 작고 보들보들할 때 만지는 게
작은 게 뭐가 좋은지 마음에 안 들었지만
그대 손길이면 곧 자라니까 괜찮아요

지난번 카페에서 우연인 듯 실수인 듯
제 그곳을 손으로 스윽 스치고는
다시 그 손으로 빨대를 잡고 쪼옥
아이스 아메리카노를 마시던 그대 앞에서
저는 한참을 얼음이었어요

언제든 어디서든
살짝이든 슬며시든
부드럽게든 힘 있게든 어떻게든

그대가 만지는 순간 저는
땡을 모르는 얼음
아무리 먹어도 줄지 않는 레몬라임맛 츄파춥
스

자꾸 흘러내리는 아몬드 봉봉 싱글킹 아이스
크림 콘

아
그대는
정말

손길 한 번으로 저를 사로잡고는
영영 놓아주지 않는 짓궂은 술래예요

얼음땡

밤이 깊었어요. 그대가 전화할 시간이지요. 벌써 세 달 하고도 삼 일째 매일 듣는 목소리를 얼마나 애타게 기다리고 있는지 그대는 모를 거예요. 첫인사로 '오늘 하루 어땠어요?'라고 물어야 할지, '하루 종일 그대를 생각했어요.'라고 말해야 할지 고민이에요. 어떤 말이 그대를 더 기쁘게 할까요? 알 수 있다면 좋겠어요

오늘은 그대의 입술이 계속 떠올라 일할 수가 없었어요. 지난 주말에 만난 그대의 입술은 그저 가끔씩 조금씩 움직일 뿐이었지요. 오늘 머릿속을 가득 채운 커다란 입술은 분명히 그대 것이에요. 그 붉고 부드러운 것이 느리지만 그치지 않는 움직임으로 들리지 않지만 분명한 숨결로 제 귀를 간지럽혔지요. 제 온몸은 거미줄에 걸린 채 독침을 맞은 곤충처럼 움직일 수 없이 그저 떨고 있을 수밖에 없었지요. 점심시간이라 김대리가 세 번은 불렀는데 제가 컴퓨터 빈 화면만 보며 아무 대답이

없었대요. 못 들었다 얼버무렸지만 저는 알았답니다. 전 그대의 입술에 마비되었던 거예요

퇴근길 거리의 찬 바람에 콧물이 흐르고 양뺨이 아렸지만 버스정류장을 지나 걷고 또 걸었지요. 아, 행여나 감기 걸렸을까 걱정은 마세요. 겨울바람이 어찌나 다정한지 춥지도 않고 웃음만 나왔답니다

이제 곧 전화기가 울리겠지요. "저예요." 그대의 첫 말에 왈칵 울음을 터뜨릴지도 모르겠어요. 그러면 안 되겠지요. 그대가 놀라 걱정할 테니까요. 그건 정말 원치 않아요. 저는 오늘도 잘 지낸 착하고 다정한 연인이니까요

그대의 연락을 기다리고 있어요

그대의 연락을 기다리고 있어요

석양입니다 / 해는 지며 기온은 떨어지는데 / 태양은 자신을 태워 죽이려는 듯 붉게 타오릅니다 / 속도 모르고 감탄하는 사람들

어느덧 해는 완전히 넘어가고 / 노을만 남아 처연하게 흩어집니다 / 차츰 드러난 남빛 하늘 곳곳에 / 고개 돌린 별들 선명해 갑니다

태양이 끝끝내 애써 숨기려 했던 상처들 / 하나 둘 셀 수 없이 빼곡합니다 / 차마 더 바라보지 못해 양손 머리 뒤로 얹고 / 무릎 사이로 깊숙이 고개 숙이며 죄를 자백합니다

와르르 쏟아지는 눈물 / 눈물이 만든 작은 웅덩이 / 웅덩이에 양반다리로 앉아 지그시 나를 바라보는 그대

여전히 빛나는 그대

그대 떠난 저녁 일곱 시 사십 분

어린 시절에도 제 사랑은 늘 40도 즈음이어서 / 미지근한 물에 몸 담그고 물장구치는 인생이었는데 / 그대 만나고 정신없이 냉탕과 온탕 사이를 오갑니다

이마에 떨어지는 목욕탕 천정의 고인 물에도 깜짝 놀라던 저였는데 / 그대 만나고 사정없이 정수리를 때리는 폭포수에도 / 온몸이 데일 듯한 열탕의 끓는 물에도 / 몸 빼는 것 잊고 그저 아련합니다

눈앞이 아득하고 머리가 핑 돌아 / 탕 밖에 잠시 앉아 그대 떠올려 봅니다 / 속절없이 긴 한숨 나옵니다 / 고개 드니 목욕탕 물안개 너머 벗은 그대의 몸이 아른거립니다 / 입 벌리고 손 뻗으려다 퍼뜩 정신 차립니다

제가 미쳤나 봅니다 / 행여 보고 싶다 문자 도착하면 그대여 모른 척해주세요

아, 나이 오십에 흑역사를 쓰고 있습니다

온천가

그대의 개가 되어 하루 종일 멍하니 창밖 너머를 바라볼래요. 그대에게 선물할 생쥐 한 마리 양말 한 짝 땅속에 파묻을래요. 그대를 만날 시간 30분 전부터 살랑살랑 꼬리를 흔들래요. 그대와 함께 들어온 사람이 누구든 그대의 앉은 다리 위에 웅크려 잠들래요. 그대의 주위를 마음껏 뛰어다니며 지칠 일 없는 산책을 할래요. 그대의 아침엔 그대의 부은 얼굴 위에 제 앞발 올려 그대를 깨울래요. 그대가 끝내 일어나지 못해 지각이 염려되면 저의 꼬소한 냄새 풍기는 뜨끈한 엉덩이로 그대의 코 위에 앉을래요. 그대 힘들어 저를 안고 울 때에는 그대의 눈물 핥아 줄래요. 그대보다 2도 높은 체온으로 그대의 지친 마음 데워 줄래요. 그대 허락한다면 저는 그대의 개가 될래요

그대만 사랑할래요

그대의 개가 될래요

사람 없는 조용한 술집
문득 그대가 말했죠

"키스 가르쳐 줄까?"

대답할 겨를 없이 내 입술에 그대의 입술이
겹쳐요. 깜짝 놀라 파르르 떠는 내 반응에 잠
깐 물러난 그대의 입술. 살짝 눈을 떠 내 눈을
가만히 바라보는 그대. 갑작스레 몰아쳐 나를
짓누르는 그대의 입술 입술 입술 입술 저는
정신을 잃어요

시간이 얼마나 흘렀을까요. 눈 떠보니 아무
일도 없는 듯 말없이 웃는

붉은 입술의 그대

키스 레슨

미안해요

오늘 내가 너무 서둘렀죠. 그대라는 술에 취
했나 봐요. 그대 입술이 내 아랫입술을 물었
을 때, 그대의 혀가 내 귀에 닿았을 때, 그대
가 손바닥으로 내 허벅지를 움켜쥐었을 때 내
가 물었죠. 만져도 돼요? 망설이다 고개를 끄
덕이는 그대. 단추를 풀고 지퍼를 내리는 순
간에도 그대는 가늘게 파르르 떨고 있었어요

속옷 아래서 만난 그대는 진하게 뜨겁고 부드
럽게 단단했어요. 그대의 체온으로 내 미지근
한 삶을 펄펄 끓이고 싶었어요. 시간이 얼마
나 흘렀을까. 그대의 긴 신음과 내 짙은 한숨
은 뒤엉켜 사랑을 나누었지만, 우린 한 번 또
한 번 다시 한번 마지막으로 한 번 서로를 꼭
껴안은 후, 각자의 삶으로 흩어져야 했어요

나는 기억하고 있어요

그대의 사랑스러운 그대를
그럼 다시 만날 때까지

안녕 그대
그대도 안녕

안녕, 안녕

여기 그대 좋아하는 와인도 입술도 마음도 눈빛도 있는데 그대만 없네요. 불공평해요. 내가 제일 좋아하는 건 그대인데

어서 와요

카톡!

너에게 쓰러졌다

너의 가슴에 내려앉은 오른쪽 귀에 닿는
사랑한다는 비명
사랑한다는 외침
사랑한다는 선언
사랑한다는 인사
사랑한다는 속삭임
은은한 진동으로 내 온몸으로 끝으로
퍼져간다

사정 후

덜컹덜컹 낡은 경의중앙선 타고 그대 만나러 가요. 내 마음도 함께 덜컹덜컹 요란하게 흔들려요. 입술을 하안껏 오무렸다가 양옆으로 기일게 당겼다가 머엉하니 벌리다가 하아 긴 숨 내쉬어요

카톡! 그대는 늦네요. 늘 그대는 10분 늦고 전 10분 빠르죠. 한 정거장 먼저 내려 걸어요. 찬 바람에 입술이 마르고 뺨이 시려요. 하얀 입김이 눈앞에서 흩어져요. 안경 너머로 앞이 흐리다가 보이다가 흐리다가 보여요. 환하게 손 흔드는 그대가 보여요. 저는

꼼짝없이 덜컹덜컹
그대에게 가요

그대에게 가요

약속하자

서로에게 늘 다정한 사람이 되기로
사랑하는 사람에게도 다정하지 않을 때 있잖
아
나 자신에게도 다정하게 못할 때 너무 많잖아
그러니까 우리는

서로에게 가장 다정한 사람이 되기로

다정하게 바라보고
다정하게 속삭이고
다정하게 쓰다듬고
다정하게 안고
다정하게 입맞추자
섹스도 다정하게
한없이 다정하게 다정하게 다정하게 다정하

그때 네가 말했지

너 많이 외로웠구나

아 그런가
어 뭐지
취했나

너는 흐려지고 세상도 뿌예지고
마침내 하얗게
하얗게 흐르는 눈물
바라보는 너

다정하게
다정하게
다정하
다정

이 글 속 다정을 세어보아요

늘 듣기만 하던 그대
오늘은 술에 취해 말이 많네요

"있잖아요. 사랑하는 사람의 부모가 되지 말아요. 성큼 자라 독립한다고 당신을 떠날지 몰라요. 사랑하는 사람의 선생님도 되지 말아요. 다 배우고 나면 고맙다며 졸업할지 몰라요. 사랑하는 사람의 개가 되지도 말아요. 늘 환하게 열리며 그가 나타나던 문이 더 이상 열리지 않을지 몰라요. 그리고 이건 좀 어렵겠지만

사랑하는 사람의 사랑이 되지 말아요. 그의 황홀한 기쁨이 되겠지만 그의 가장 깊은 상처가 될지 몰라요. 좋은 것들은 서서히 바래지지만 상처는 슬픈 습관으로 아주 오래 남으니까요. 사랑 참 어렵죠. 힘들고. 아프고. 슬프고. 미안하고. 미안하고. 또 미안하고. 미안하"

"네. 알아요. 나는 그대의 착한 학생이잖아요.
오늘 수업 잘 들었어요. 고마워요."

"있잖아요. 나는. 사랑하는 사람의 친구예요.
그대의 모든 것이 사라져도 곁에 있을 그대의
친구. 하하. 나한테 많이 고맙죠?"

내 앞에 무너져 잠든 그대
꿈결에라도 내 목소리
그대에게 가 닿을까요

러브 레슨

그대 없인 나도 없어요. 그대 없는 삶이 없는
나 때문에 그대도 많이 힘들죠. 세상에 둘만
남을 수 없다면 차라리 세상에서 둘만 사라지
기를. 모르는 이름의 나라로 떠나는 비행기를
검색해요. 이대로 시간이 멈추길 기도하고 기
도해요. 그런 일은 일어나지 않아요

십 년이 지났어요. 이제 내게 그대는 필요하
지 않아요. 그대 없이 밥 먹고 일하고 책 읽고
기분 좋은 꿈도 꿔요. 그대 덕분이에요. 그대
의 사랑이 텅 빈 나를 가득 채웠어요. 늘 슬프
고 외롭던 내가 다정하고 편안한 사람이 되었
어요. 그대는 내가 떠날 것 같아 불안하다고
자기가 할 수 있는 게 없다고 울어요. 그대는
알아요

그래요. 그대 없이 행복한 나예요. 오늘을 얼
마나 기다려왔는지 몰라요. 늘 불안하던 내가
상상할 수 없던 근사한 사람이 됐어요. 내일
이 기대되는 오늘을 살아요. 오랫동안 그대에

게 못한 말을 이제 그대에게 말할 수 있어요

나와 함께해 줄래요? 아주 긴 시간 동안 보답
할게요

아주 긴 시간 동안 보답할게요

1

인생의 기본값이 외로움이란 말. 방심하면 맥락 없이 초기화되어 갑자기 쓸쓸한 순간. 저도 조금은 알 것 같아요

문득 목 안쪽이 서늘하거나 아랫배가 터엉 비거나 꼬리뼈가 찌릿하며 그 외의 다른 감각은 없는 것 같은 감각

빨간 정지 신호에 횡단 보도로 이어진 인도의 맨 앞에 멈춰서 꼭 잡은 그대와 내 손을 바라보며 겹쳐 낀 손가락들을 하나하나 세다 어느새 초록으로 깜박이는 신호등으로 눈길을 서서히 옮기는 길고 긴 잠깐

정원이 있는 커피숍에 마주 앉아 둥글게 만 입술을 빨대에 대고 아이스 아메리카노를 쪼옥 쪼옥 마시는 그대를 바라보다 창 너머 흘러가는 구름 따라 시선이 멍해지는 느리고 느

린 순간

사랑을 나눈 후, 내내 벌리고 있던 내 허벅지
에게 힘들었지 다정하게 말 걸며 입을 맞추며
양 손바닥으로 꾸욱꾸욱 흔들흔들 조물조물
마사지하는 그대의 머릿결을 손가락들로 쥐
어보기도 하고 쓰다듬기도 하다 배터리가 다
된 무선 마우스 커서처럼 슬그머니 손이 정지
하는 영원 같은 찰나

내가 문득 그대와 함께임을 멈추는 흐르지 않
는 시간

2

잠자코 노래가 끝나길 기다리다 살며시 나를
찾는 지나가고 있는 가게 안에서 틀어 놓은
라디오 디제이처럼 멀리서 작게 아련하게, 점
점 가까이 부드럽게 선명하게 볼륨을 높이는
그대 목소리

"무슨 생각해요?"

아, 살짝 버퍼링 후, 아-

전 말없이 웃어요. 따뜻한 감촉과 다정한 목
소리로 가득한 이 반짝반짝한 순간도 지나가
겠다 바래지겠다 잊혀지겠다 쓸쓸하겠다 생
각하다가

나를 부르는 그대 목소리에 그대 곁으로 돌아
와 웃어요. 아쉬워 미안해 슬퍼 고마워 웃어
요

"사랑해요"

그대와 함께 쓸쓸히

돌아보면 제가 사랑한 이들은 늘 그대 같았고, 그대가 만난 이들도 늘 제 모습이었어요. 그 사람들 끝에 서로를 만나 사랑하고 있어요. 그대를 향한 제 마음도 이 글도 뻔한 이야기예요. 어쩌면 우리의 이야기도 내일을 위한 하나의 연습이겠죠. 기어코 스스로를 사랑해 내기 위한 한 걸음이에요. 시간이 지나고 지나 서로의 얼굴이 기억나지 않더라도 가끔 혼자 거실 소파에 기대어 다리를 모으고 앉아 슬프고 다정한 노래를 틀어 놓기로 해요. 다시 만나지 못할 오늘의 그대와 함께할 오늘의 이야기를 잘 고르고 싶어서 잠들지 못한 어제였어요. 자, 들어봐요

오늘 데이트 코스는요

서론이 참 길죠

그대 내게 많은 것을 주려 애쓰지 말아요
그저 그대를 위해 비워둔 내 마음에 오면 돼
요

내가 그대에게 받은 것은
내 마음에 연하고 가늘게 연결된 따뜻한 마음
내 손 위에 가만히 부드럽게 포개진 고운 손

내가 그대에게 받은 것은
그대라는 존재

그대만으로 가득 차오르는 나

내가 그대에게 받은 것

너의 아저씨가 되고 싶어요
착하다 고맙다 괜찮다 아무것도 아니다
네 문장만 말하는 사람
너 행복하지 않은 것 못 보겠다
이제 행복하자 행복하자 말하는 사람
긴 한숨으로 쓸쓸한 뒷모습으로 힘없는 발걸
음으로 비틀거리며 끝나지 않을 고단한 인생
길을 걷더라도

술 한 잔 맞대는 서늘한 온기로 함께 웃는
너의 아저씨가 되고 싶어요

너의 아저씨가 되고 싶어요

28일.

일하다 마음 울적해서 카톡 보내
너 보고 싶다 너랑 하고 싶어
나 그제부터 월경 기간이잖아

아픈 첫날, 양 많은 이튿날은 지났고
오늘부터 3일 동안은
섹스 앤 블러드야
끝내주는 넷플릭스 드라마처럼 짜릿할 텐데
볼드하고 드라이한 레드 와인 사 들고
우리 집으로 퇴근해

이따 봐

14일.

일하다 가슴 뭉클해서 카톡 보내
너 보고 싶다 너랑 하고 싶어
그러고 보니 오늘이 배란일이네

생물학적으로 가장 성욕이 높은 날이래
검색해 보니 평소의 네 배라는 연구 결과도
있더라
편의점 들러 맥주랑 콘돔 사는 거 잊지 말고
오늘은 남기지 말고 세 개 다 뜯는 거다

이따 봐

월간 그대

저를 알기 전 그보다 더 오래전 그대가 만난 사람들과의 이야기를 듣습니다. 그때도 그대는 온몸으로 사랑하는 사람입니다. 아픔을 두려워하지 않고 성큼 다가가 사랑을 선언하는 사람입니다. 상대의 차갑고 날 선 분노를 힘껏 껴안는 사람입니다. 그대는 긴 시간 전쟁터를 헤매다 돌아온 헤아릴 수 없이 쌓인 이야기입니다. 온몸 구석구석 오래고 새로운 상처들이 밤마다 울음을 터뜨리는 늙은 병사입니다

어쩌면 그대가 끌어안은 건 외롭게 울고 있는 그대입니다. 그대가 기다려준 건 주저앉아 떨고 있는 그대입니다. 그 작은 손들을 잡고 기어코 내 앞에 선 그대가 아름다워 눈물 납니다. 거실 소파에 기대어 무릎을 안고 있는 그대의 등을 가만히 쓸어줍니다. 저의 곁에서 여전히 혼자인 그대. 그대 곁에 나란히 앉아 그대의 풍경을 바라봅니다. 창 너머 겨울나무들 흔들림 없습니다

그대 여기까지 참 잘 왔습니다. 고맙습니다.
원하는 만큼 머물다 가세요. 그대의 어제와
오늘과 내일에 제가 있습니다. 저는 그대가
돌아오고 돌아올 곳입니다

잘 다녀오세요
저도 꼭 괜찮겠습니다

내 품에서 잠든 그대에게

가는 비 내리는 제주의 아침이에요. 혼자 여
행 와서 몸살을 앓고 있어요. 약 먹고 땀 흘리
며 자고 나니 좀 낫네요. 이렇게 그대에게 편
지를 쓰는 건 여행 내내 제주의 바다가 들려
준 이야기를 잊지 않고 그대에게 전하고 싶어
서예요

바다가 어지러이 헤매는 섬에게 저에게 오고
또 오며 네가 어떤 모습이든 어떤 마음이든
나는 너에게 오고 또 올 거야 말해요. 너는 그
저 너의 삶을 살다 내가 생각나면 이곳으로
돌아와. 나는 언제라도 여기로 오고 올 테니
까 이야기해요

바다 앞에서 자꾸 울컥 울컥하는데 결국 눈물
한 방울 보태지 못하고 돌아서요. 우산 없이
가는비를 한참을 맞으며 걷고 걸어도 제 심장
은 바싹 말라 바스락거리기만 해요. 제 뒷모
습을 끝의 끝까지 바라보는 바다만 철썩철썩,
나는 오고 또 올 거야 오고 올 거야 오고 올

거야 하네요. 미안하게

그대도 미안했으면 좋겠다

미안하면 돌아와요.
잊지 말아요. 저는
그대가 돌아오고 돌아올 곳이란 걸

비 내리는 제주에서

길 한복판에서 한참을 실랑이를 벌이는 두 사람. 술을 마셨는지 아닌지는 알 수 없지만 맨정신이 아닌 건 분명해요. 누가더라고 할 것도 없이 눈물을 쏟으며 소리를 지르고 붙잡아 흔들고 부서져라 끌어안고 다시 돌아서고 걸어가 버리고 쫓아가 붙잡고 매달려 눈물을 쏟아요

그 두 사람은 지금 사랑하고 있을까요? 알 수 없어요. 하지만 그날 함께 흘린 눈물은 부둥켜안고 흘러 흘러가 바다에 닿아서도 함께예요. 그날에 흘린 우리의 눈물도 꼭 그럴 거라고 저는

믿고 있어요

꼭 그럴 거라고 저는 믿어요

그대를 사랑하기에 그대를 보내야 할 때를 고르고 고르고 있어요. 하지만 그대, 지금은 아니에요. 마른 마음으로 아픈 몸으로 힘겨운 일상으로 떠나지 말아요. 언젠가 저를 뻥 차버리고 행복하게 살 거라고 술에 취한 그대가 울며 소리쳤죠. 저는 기뻐 소리를 지를 뻔했어요. 맞아요, 그대. 정말 그날이 올 거예요. 제 곁에서 행복하지 않는 그대가 제 곁을 떠나 오롯이 행복한 날이

그날을 기다리는 게 저의 사랑이에요. 그대를 향한 변치 않는 고마운 마음의 사랑이에요. 평생을 갚아야 할 사랑이에요. 그대 마음이 썩어 흐르는 고름을 두 손으로 받는 사랑이에요. 그대의 비난과 분노를 입을 벌려 삼키는 사랑이에요. 하지만 그대의 눈물은, 나를 무너뜨리는 그 눈물은 제발 그만, 그만. 오늘도 그대는 말없이 울고만 있네요

전화기 너머의 그대도 울고 나도 울고 거리의

신호등도 울고 아파트 단지를 어깨에 진 언덕
도 울고 별도 바람도 울고 울다 잠이 드는 밤
이에요

그대도 잘 자요

잘 자요 그대

그대 떠나고 낙엽 지고 바람 찹니다
갈대 무성한 들에도 외로이 비만 내립니다
그대 있는 곳에도 비 오는지

흠뻑 젖어도 그대는 씻겨 내리지 않는 밤

그대 생각에 잠겨 숨쉬기를 잊었습니다

그대 떠나고 낙엽 지고

니가 조타
고마 조타

올도 니 생각에
실실 쪼개고 있다

우짜모 존노

네가 좋아
그냥 좋아

오늘도 네 생각에
소리 없이 실없게 슬며시 입을 벌리고 웃고
있어

어쩌면 좋아

꿈을 꿨어요

어떤 건물의 2층에 있는 학원 강의실
저는 일이 많아 해가 지도록 혼자 남아 있어
요
깜박 졸았는데 시간은 으슬으슬 한기 도는 새
벽
눈을 뜨니 코앞에 백발의 할머니가 있어요
깜짝 놀랐는데 그 할머니가 무심한 표정으로
조용하게 말해요

"우린 신경 쓰지 말고 하던 거 해"

오른편을 보니 또 다른 할머니가
왼편에는 백발을 짧게 스포츠로 자른 할아버
지가 있어요
오싹한 마음에 천천히 일어나 한 걸음 한 걸
음 문으로 걸어가요
문 소리 나지 않게 아주 천천히 열고 나가요

문밖은 아무것도 안 보이는 깜깜한 계단실
저는 계단 옆의 핸드레일을 한 손으로 꼬옥
잡은 다음
온 힘을 다해 달리듯 뛰어 내려가요
얼마나 급한지 바닥이 없는 것처럼 미끄러질
듯 달려 내려가요

반 층을 내려가 휙 돌아 다시 내려가요
반 층을 내려가 휙 돌아 다시 내려가요
반 층을 내려가 휙 돌아 다시 내려가요
반 층을 내려가 휙 돌아 다시 내려가요
다시 반 층을

아
분명
2층이었는데

눈물이 왈칵!

잠에서 깼어요
이불 밖 공기는 찬데 이마엔 땀이 맺혀 있어
요
잠들면 다시 그 계단일 것 같아요

그래서 전화했어요
미안해요 피곤할 텐데
그대 목소리 들으면 깊고 편안한 잠 잘 수 있
을 것 같아서
그대라면 괜찮아 괜찮아 꼭 안아줄 것 같아서

악몽

신촌을 걷다 별안간 시간이 멈춥니다. 애써 잡아 두었던 심장이 달아납니다. 저는 쫓지도 못한 채 눈만 부릅뜹니다. 목숨을 걸고도 놓쳤던 그대가 유유히 제 곁을 스쳐 지나갑니다. 공소시효는 이미 끝났지만 경찰서로 돌아가 차트를 뒤집니다. 뜨겁고 잔인한 기록들 선명합니다. 사진들 마저 바래지지 않았는데 첫 장 맨 윗줄 그대 이름만 지워져 있습니다. 밤을 새우며 뒤진 다른 모든 자료에서도 찾을 수 없습니다

다음날 새벽 6시, 서울 숲 벤치에서 발견된 사라진 심장은 싸늘하게 식어 뛰지 않습니다

옛사랑의 이름을 잊다

사랑니 뽑은 후
며칠 째 고생이에요
갑자기 버럭 화내기도 하고
밤에는 끄응 끙 잠도 못 자요
항생제 한 알
소염제 한 알
진통제 한 알로 달래보지만

생이별한 아픔이 쉽게 가라앉겠어요
상처 아물고 새 살 돋길 기다릴 수밖에

문득
의사 손바닥 위에 조각나 쓰러져있던
그 이가 그리워요

그대가 그리워요

후유증

고마 해라 사는 기 그리 숩나
잘 가다가도 틀어지고 엎어지고 하는 기다
지금 니 꼬라지가 딱 니 몫인 기다
그만하모 할만큼 행기다
니 싫다꼬 떠난 가스나 우짜긋노
그렇께 고마 해라, 한 잔 받고
사랑이라고 턱별할 기 있나
내 꺼 내가 끌어안고 가는 기지,
고민해 봤자 밸 수 없다
한 잔 따라 바라
캬아아아 하늘에 밸 좀 바라
빤-짝 빤짝이는 기 술안주로 직이네

밤하늘로 빈 술잔을 들어
홀로 매달려 있는 별들 담아 마십니다
별들이 취해 술주정합니다
사는 건 별거라고 사랑은
온몸을 태워 빛나는 거라고
꼭 그대 같은 말 하네요

하아
별도 그대도 너무 멀어
빈 술병만 늘어갑니다

달밤에 별 한 잔

우리
함께 언덕을 오르고
나무 그늘 아래에서 땀을 식히고
소박한 음식을 나눠 먹고
까진 무릎에 약을 발라주고
편히 잠들 수 있게 번갈아 머리를 만져주고
봐주는 것 없이 힘껏 물수제비를 뜨고
밤하늘의 별을 세며 이야기를 나누면

어떨까요

프로포즈

오늘 이사해요

오래 머물던 좁고 어두운 집을 떠나요 / 마지막으로 정든 지루함에 익숙한 설움에 아끼는 외로움에 작별 인사를 해요 / 나란히 서서 흔들리는 목소리로 언제든 돌아와도 된다 말해요 / 그래 고마워 쓸쓸히 웃어요 / 연락처를 지워요

무엇 하나 버리지 못해 잔뜩 끌어안고 살았는데
오늘은 다 두고 나서요
홀가분해요
깨끗한 마음으로 이사가요

똑똑, 여기가 그대 마음이 맞나요

이사하는 날

당신은 늘 조심스럽게 내 깊숙한 곳에서 물을
길어 내가 가장 좋아하는 곳을 어루만졌지.
나보다 더 나를 아끼는 듯, 세상에서 가장 섬
세한 움직임으로 크고 작은 원을 그리며. 그
게 내가 당신의 손을 사랑한 이유야. 당신의
손은 움직임 하나하나로 내가 얼마나 소중하
고 사랑스러운 존재인지 말해

"늘 대충 깎던 손톱이었는데, 그곳에 닿는다
생각하니 손톱을 아주 바짝 깎아요. 행여나
그대를 아프게 할까 봐. 그대의 아름다운 소
리만 듣고 싶어서"

이 말은 지금도 문장 그대로 기억나. 말솜씨
없던 당신이 한 가장 선명한 사랑 고백이었어

당신의 손이 그리워. 당신을 떠나올 때 훔쳐
올 걸 그랬어. 자기 전에 혼자 하고 싶어져 짧
게 해치워 버리려다 당신의 손이 생각나 잠시

멈춰. 소중하게 귀하게 사랑스럽게 만져주려
고. 아, 정말 난

당신의 손을 사랑했어

당신의 손을 사랑해

그대 괜찮아요? 아침에 일어나기 많이 힘들었죠. '으악! 늦잠 잤어요. 지각이에요!' 놀란 카톡에 출근길 다리 후들후들 떨리고 발 삐끗할까 걱정돼요. 오늘은 일 마치고 저녁 일정도 있다며요. 퀭한 눈 핼쑥한 얼굴로 긴 하루를 보내겠네요. 에구. 무리하지 말라니까. 편의점 콘돔 상자에 콘돔이 세 개가 든 건 시작하면 세 번을 채우라는 뜻인가 물은 건 웃자고 한 이야기예요

전 괜찮아요. 그대가 그대 몸이 무거워 내가 힘들까 싶어 얼른 내려가서, 내 벅차게 뛰는 심장 달래려고 가슴과 등허리 쓸어줘서, 힘 빠져 기절해 있다가도 "내내 눌려 있느라 힘들지? 미안해." 내 허벅지에게 다정하게 말 걸며 열심히 조물조물 마사지해 줘서. 시간에 횟수에 연연하지 말아요. 그대는 기본적으로 가진 게 훌륭해요. 정말

아

오늘도 그대와 사랑하고 싶다

그대 안녕한가요

노트북 켜 놓고 책 펼쳐 두고 카톡창 연 채 꾸
벅꾸벅 졸고 있습니다 꿈결에 그대를 보았던
가 만났던가 만졌던가 어렴풋합니다 일어나
눈 비비는 사이 해는 집니다 자려고 펄럭 이
불 펴는데 봄 내음인지 그대 향기인지

4월 3일

우리 이야기를 쓰고 있어요 / 이 곳에선 저도 말하고 그대도 말해요 / 그대는 제게 말하고 저는 혼잣말 해요 / 그 말들을 모아 책을 내요 / 딱 백 권만 만들어요 / 그대가 그리우면 한 권씩 꺼내 들고 이리저리 다니며 읽어요

응봉산 팔각정 마루에서 / 서울숲 마녀의 집 앞 벤치에서 / 한양대학교 인문과학대학 옥상에서 / 성수동 스타벅스 2층의 창가 자리에서 / 잠실한강공원 GS25 파란 플라스틱 야외 테이블에서 / 성내천 산책길 입구부터 하나 둘 셋 네 번째 벚꽃나무 아래에서 / 숨 쉬지 않고 책의 제목부터 마지막 페이지 맨 아래 문장까지 읽어요 / 책을 덮고 그 자리에 놓고 나서요 / 누군가가 달려와 책 두고 갔다 말해요 / 저는 걸음을 멈추지 않고 아주 태연하게 말해요

제 책 아니에요

4월이라 가는 곳마다 그대예요 / 선선한 바람 다정한 햇살이 너무 좋아서 눈물이 나요 / 그댄 분명 이 세상에 없는데

그대라는 책을 쓰고 있어요

A: 그대와 사랑하고 싶어요. 네. 섹스 말이에요. 뜨겁게 껴안은 채 그대의 온몸을 느끼고 싶어요. 그대를 내 안에서 녹여버리고 싶어요. 내 위에 쓰러진 그대의 가쁜 숨이 점점 잦아드는 동안 가만히 그대의 머리를 쓰다듬고 싶어요. 하지만 무서워요. 그 후에 밀려올지 모르는 감정들이. 달라져 버린 내 마음이. 아, 언젠가 확신할 수 있을까요. 믿음으로. 뜨겁게 하얗게 내가 사라져 그대와 사랑할 수 있을까요

B: 망설이는 그대, 확신하지 말아요. 우리 마음 우리 마음대로 잘 안돼요. 서두르지 마요. 섹스는 강렬한 순간의 쾌락, 그 후에 무엇을 남길지 아무도 몰라요. 저도 너무나 두려워요. 우리가 좀 더 편안해지고 자유로워지면, 이리저리 떠다니는 마음이야 어떻든 그저 서로를 슬프게 다정하게 바라볼 수 있겠다 싶어지면 그때 하기로 해요. 그때까지는 우리 사랑하지 말아요

A 와 B :
그대와 사랑하고 싶어요
지금

그대와 사랑하고 싶어요

자, 엎드려 봐요. 힘 빼고. 베게 없이 고개는
왼쪽으로 돌려 오른뺨을 침대에 내려놓아요.
엄지와 검지로 뒷목부터 천천히 주물러요. 꾸
욱 누른 채 천천히 돌릴게요. 아프면 언제라
도 이야기해 줘요. 불편한 곳일수록 더 살살
오래오래 만져요

다음은 오른쪽 어깨에요. 왼손으로 어깨를 잡
고 오른손으로 팔목을 잡고 천천히 뒤로 돌려
요. 되도록 큰 원을 그리면서. 이제 양손으로
팔뚝의 안과 밖부터 팔꿈치, 팔목까지 천천히
주물러요. 근육이 많이 뭉쳐 있네요. 하나 둘
하나 둘.

이제 손 줘요. 손목부터 손가락 끝으로 전체
를 꽉 쥐었-다 풀었다 쥐었-다 풀었다가 쥐
었-다가 풀었다가, 양손 엄지로 손바닥을 고
르게 꾸욱 꾸욱 (아) 아프죠. 특별히 더 아픈
데가 있대요. 살살 할게요. 손가락 하나하나
도 꽉 쥐었다 폈다 하면 시원해요. 느껴봐요.

어때요? (아프면서 시원해요)

이제 왼쪽이에요. 고개를 오른쪽으로 돌려요.
역시 뒷목부터 눌러요. 어깨와 손목을 잡고
천천히 돌려요. 팔뚝과 팔꿈치, 팔목도 조물
조물. 왼손도 손목부터 전체적으로 꽉 쥐었-
다 풀었다 쥐었-다 풀었다 손가락 끝까지 쥐
었-다 풀었다 쥐었-다 풀었다. 손바닥도 엄지
들로 꾸욱 꾸욱 꾸욱 꾸욱. 아픈데 뭉친데 뻐
근한데 어딘지 잘 느껴봐요. 내 몸이니 잘 살
피고 잘 돌봐줘요. 손가락도 하나씩 꽈악 꽈
악 꽈악 꽈악 꽈-악.

이제 양팔을 쓸어내릴게요. 어깨부터 팔뚝,
팔꿈치, 손목, 다시 올라오며 팔꿈치, 팔뚝,
어깨. 뭉치고 놀란 근육들아, 수고 많았어. 이
제 편히 쉬어도 된단다. (하하하) 웃겨요? 좋
아요. 웃는 것도 긴장한 몸을 풀어주는 데 아
주 도움이 돼요. 웃으면서 힘줄 수는 없거든
요.

이젠 등허리 차례예요. 제 몸무게를 실어서
누르는 동작이 많아요. 많이 무겁거나 숨쉬기
가 불편하면 이야기해 줘요. 먼저 척추를 따
라 등의 위쪽부터 엉덩이까지 양 손바닥으로
척추의 양옆을 쓸어요. 목 아래에서부터 등과
허리를 지나 엉덩이까지, 엉덩이를 돌아 옆구
리를 타고 위로 위로 어깨까지. 자, 한 번 더.
아,

오해 말아요. 그대 엉덩이에 닿는 건, 아, 음,
그러니까 (이리와요) 이러려는 게 아닌데, 지
금 마사지하는 중인데, 지난번에도 여기서 멈
춘 것 같은데, 다리는 있다가 해야겠 (그만
말해요) 음 (음)

마사지

A: 하아-

B: 무슨 일이에요?

A: 어제의 우리를 생각했어요. 너무 좋았어요.

B: 아, 하아- 그랬죠. 무척 황홀한 시간이었어요.

A: 하필 월경 중이라 미안해요. 많이 신경 쓰였죠.

B: 아니요. 좋았어요. '섹스 앤 블러드' 라니 19금 미드 제목이다. 어제만 반복해서 보고 싶어요.

A: 어제만 반복해서 하고 싶어요.

B: 아, 방금 온몸이 찌릿했어요. 실은 엎드려서 통화 중인데 아까부터 제 거기가 단단해져서 아파요.

A: 괜찮아요. 저도 아까부터 젖어 있는걸요. 사랑하고 나서 작고 말랑해져 한 손에 들어오는 그대를 꼬옥 쥐고 싶어요.

B: 하아– 다시 어제로 돌아가 천천히 바라보고 싶어요. 천천히 만지고 싶어요. 천천히 그대와 사랑하며 '예뻐요 부드러워요 촉촉해요 사랑해요' 몇 번이고 계속 속삭이고 싶어요.

A: 좋다. 저도 그대의 몸 여기저기를 앙앙 물고 싶어요. 벌써 새벽 두 시네요. 어쩐지 졸리더라.

B: 아, 시간이 벌써 이렇게 됐네요. 이제 자

요.

A: 네. 정말 다음까지 어떻게 기다리죠?

B: 그러게요. 정말 어떻게 기다리죠?

A: 아, 몰라요. 이제 정말 자요.

B: 그래요. 그대도 잘 자요.

복습 중입니다

B: 그대, 나를 믿지 말아요. 나는 외로운 사람, 그대 두고 혼자일 사람. 고집 센 사람, 그대 울릴 사람. 감정 기복 심한 사람, 그대 지치게 할 사람. 재미없는 사람, 그대 오래 슬플 거예요

A: 그대는 괜찮은 사람이에요. 저는 단단한 사람이에요. 당겨 걱정하지 말아요. 그럴 땐 그대로 그러면 되지요. 지금은 우리가 서로에게 좋은 모습으로만 있지만. 하하. 영원히 그럴 수 없겠죠

그러니 그대, 나를 믿어요. 그대는 외로운 사람, 말없이 안아줄게요. 그대는 고집 센 사람, 저도 고집 세니까 한 판 붙어요. 그대도 나도 감정이 싱싱한 사람, 함께 크게 웃고 깊이 울어요. 그대는 세상 진지한 사람, 내 아무 말도 소중하게 들어줄 거라 믿어요

B: 그대는 참 좋은 사람. 정말 고마운 사람

A: 그대도 참 좋은 사람. 내가 사랑하는 사람

믿음

A: 당신에게만은 한없이 착하고 싶어요.

B: 그래요. 고마워요. 매일매일 착하다 착하
   다 할게요.

A: 좋다. 참 좋다.

B: 당신에게만은 한없이 다정하고 싶어요. 척
   이라도 좋으니 한없이 다정하고 싶어요.

A : 척인 거 티 나도 진심으로 받아줄게요. 매
   일 고마워요 고마워요 할게요.

B: 좋다. 참 좋다.

B: 세상에 있는 착함과 다정함 들이 꼭 보답
   받았으면 좋겠어요. 정호승 시인의 시 '수
   선화에게'에서처럼 '마음이 착하다는 것이

세상 모든 것을 지닌 것보다 행복'했으면
좋겠어요.

A: 당신이 그 마음들을 소중히 해주면 되지
않을까요. 가짜도 진짜가 될 수 있게. 착하
고 다정하지 못하는 순간에도 그 마음을
기억해 주면 보답이 되지 않을까요.

B: 좋다. 참 좋다.

A: 좋다. 참 좋다.

당신에게만은 한없이

A: 아, 빠졌다

B: 응? 봐줬다?

A: 빠졌다고

B: 뭘 봐줬는데

A: 그래. 내가 많이 봐줬다. 너 너무 좋아 죽
으면 안 되니까

B: 그래? 나 죽으면 안 돼?

A: 절대 안 돼. 나 죽을 때 너가 안아줘야 돼.

B: 그래. 꼭 그렇게.

A: 힘들다. 이제 네가 올라올래?

B: 그래. 그럴게. 나는 마지막엔 이렇게 꼭 안
고하는 게 좋아. 가능한 너와 많이 닿아 있
을 수 있게. 한없이 따뜻하고 편안해. 네게
나를 전부 내맡긴 것 같아.

A: 그래. 다 맡겨도 돼. 괜찮아. 사랑해.

B: 나도 사랑해. 고마워.

그거 빠졌다고

A: 집 근처에 오래된 온천 목욕탕이 있어서 한 달에 한 번쯤 가요. 묵은 때를 벗기러요. 탕 속에서 한없이 퍼지려요. 그게 오늘이었죠. 샴푸, 린스, 샤워타월, 때수건 정도만 투명한 폴리백에 넣어 들어요. 옷은 편하게 벗게 면원피스에다 롱패딩만 뒤집어쓰고 나서요. 아, 맞다. 현금도 꼭 챙겨야 해요

1층 카운터에서 성인 목욕료 팔천 원을 결제하면 수건 두 장과 옷장 열쇠를 줘요. 여탕은 지하 1층이니 계단을 내려가 두껍고 불투명한 유리문을 열고 들어가요. 탈의실에서 일하는 아주머니께 아아한 잔을 주문하고 - 꼭 현금만 돼요. 사천원. 진하게. 얼음 많이 - 열쇠에 적혀 있는 212번 옷장을 찾아요. 목욕 가방을 내려놓고, 신발을 넣고, 옷걸이 하나에 롱패딩, 또 하나에 원피스 그리고 양말과 속옷들 개켜 넣어요. 지갑을 넣고, '나 목욕탕

왔어요. 연락 못 받아요.' 마지막 카톡을
보내고, 핸드폰도 넣고 잠그죠. 파란 열쇠
를 왼 발목에 차면 목욕 준비 끝

탕에 들어가는 문 앞 정수기 위에 아주머
니가 놓아둔 기분 좋게 차가운 커피를 들
고 습한 공기 가득한 목욕탕으로 들어가
요. 나중에 앉아서 본격적으로 때를 밀 자
리에 짐을 놓고, 벽에 설치돼 있는 샤워기
로 간단하게 몸을 씻어요. 그리고 탕 속으
로. 전 딱 41도 즈음의 온탕이 좋아요. 열
탕은 너무 뜨겁고, 이벤트 탕도 별로, 냉
탕은 초등학교 저학년 때 이후로 안 간 것
같아요

살며시 발 하나 넣어봐요. 엄지발가락 끝
부터 발목, 종아리, 무릎까지. 그리고 나머
지 발도. 양손으로 따뜻한 물을 느끼며 천
천히 탕 둘레의 긴 계단에 앉아요. 허벅지,
엉덩이, 허리까지. 살짝 차가운 공기에 소

름 돋은 피부가 따뜻한 물속에 처음 닿을 때의 따끔거림이 좋아요. 잠시 그대로 머물렀다가 한 칸 아래의 탕 바닥에 내려가요. 배와 가슴과 어깨, 목까지

운이 좋아 사람이 적으면 한쪽 가장자리에 자리를 넓게 차지하고 앉아요. 다리를 주욱 뻗어 물속에서 열 발가락을 활짝 폈다가 이리저리 꼼지락댔다가 하는 거 좋아해요. 니가 제일 고생하는구나, 까먹고 있었는데 거기 잘 있구나 하는 느낌

고개를 뒤로 젖혀 천장에 맺혀 있는 물방울들을 봐요. 규칙적으로 뚝 뚜욱 떨어지는 곳을 찾아요. 한 번은 이마 위로 떨어져 깜짝 놀라기도 했는데, 아프지 않고 차가운 느낌이 좋아서 일부러 물방울이 떨어지는 곳에 머리나 어깨를 두기도 해요. 고개를 뒤로 젖히면 덩달아 몸이 물 위로 붕 떠요. 내 몸이 그래도 가볍구나 행복한 착

각이 들어 좋아요

아이스 아메리카노는 어디 있냐구요? 당연히 바로 제 등 뒤에 있죠. 손 뻗으면 닿는 곳에요. 뜨끈한 탕 속에 몸을 담근 채 시원하게 쪼로록 마시면 진짜 와아- 거기가 천국이에요

그 뒤로는 별거 없어요. 탕 속에 있으면서 힘이 다 빠져요. 혼자 때 밀겠다는 생각도 사라져서 세신사에게 부탁해요. - 이만원. 이 돈까지 현금으로 들고 나선 걸 보면 처음부터 이럴 생각이었나 반성해요 - 비누칠, 샴푸까지 다 해주니 마지막에 린스만 제가 해요. 마지막으로 샤워하고 나와서 몸 닦고 로션 바르고 옷 입고... 근데 이런 게 왜 궁금해요? 재밌어요?

B: 네, 궁금해요. 들으며 행복해요. 그대만의

일상을 알게 되어 좋아요. 들려주어 고마
워요

목욕탕 다녀왔어요

잘 지내요
라고 말하지 말아요
그대 없이 제가 잘 지낼 수 있나요

잘 자요
라고 말하지 말아요
그대 없이 제가 편안한 밤일 수 있나요

잘 다녀와요
라고 말해줘요
그대 없는 곳에서 제가 굳세게 살아남아
다시 그대에게 돌아올 수 있게

슬프고 다정한 목소리로 말해줘요

잘 다녀와요

대상포진에 걸렸어요. 죽을만큼 아프다던데 저는 등이 가렵기만 해서 피부과도 며칠을 망설이다 갔어요. 윗 옷을 걷은 상체를 살펴본 의사가 무심히 말해요. 가려움도 약한 통증이니 모른 척 말라고. 잘 씻고 잘 자라고 처방전을 써주네요. 일주일 약 먹고 안 나으면 다시 오래요. 나으면요? 묻지는 못했네요

약사는 약에 항바이러스제가 포함되어 있어 독하니 꼭 밥 먹고 약 먹으래요. 일주일이면 바이러스는 죽지만 바이러스가 낸 상처는 남아 며칠 더 아플 수도 있대요. 끝나도 상처는 남는 게 사랑 같네요. 이만 삼천 원을 결제했어요. 약 스물한 봉지를 종이봉투에 담아주네요.

대상포진은 일주일을 버티는 병인가 봐요. 어떻게든 잘 먹고 잘 쉬며 약 챙겨 먹으면 바이러스가 죽나 봐요. 매번 일주일을 견뎌 그대를 만나던 게 기억나요. 잊고 있었는데 기다

려야 하는 게 하나 생겼네요. 덕분에 그대가
떠올라 조금 쓸쓸하니 좋아요. 고마워요. 그
대 덕분에 이번 기다림은 좀 쉬울 것 같아요

그대에게 고마워요

감은 두 눈 사이 찡그린 미간
문득 느슨해지는
파르르 떨리던 아랫입술
스르르 벌어지는
허리를 감은 채 교차된 두 다리
지그시 당기는
부드럽게 꼭 맞게 미끄러지다 톡
닿는

Moment

n번방에서
강남역에서
으슥한 골목길에서
설레는 여행길에서
환한 사무실에서
집에서

죽임당한 사람들 곁에
살아남은 사람들 서 있습니다
내내 부릅떠 핏발 선 눈으로
밤낮 울어 퉁퉁 부은 눈으로

저에게 손잡고 함께 가자 했던
그대도 함께 서 있습니다

그대 보내고 화장실 욕조에 들어가
무릎 꿇고 엎드려 기도합니다
죽은 자의 명복을 위해
산 자의 안녕을 위해

살며 사랑하며 지은 죄를 고하기 위해

고해

궁금해서 물어보는 건데요. 혹시 이렇게 나란히 앉아 영화 보면 나 신경쓰이지 않아요? (네?) 혹시 얼마 전 SNS에 올린 '좋아요'라는 글은 나에게 하는 말이에요? (네?) 혹시 이 일곱 살 아이가 옥상에 올라 서서 운동장에 있는 이사 가는 동갑내기 친구에게 "사실은 널 정말 좋아해!'라고 외치는 영상을 공유한 건 혹시 나에게 고백하는 거예요? (네?) 아니 아니, 궁금해서 물어보는 건데요. 혹시,

네, 당신을 좋아해요

소파에 기대 무릎을 안고 앉아 바닥의 머리카
락을 세 저 머리카락은 센 머리카락인지 안
센 머리카락인지

맞은편 책장에 비좁게 꽂힌 책들의 등을 읽어
왼쪽 맨 위 칸부터 오른쪽으로 그 아래 칸의
맨 오른쪽부터 왼쪽으로 그 아래 칸의 맨 왼
쪽 책등부터 오른쪽으로

양발의 가장자리를 따라 눈길로 선을 그려
왼발 뒤꿈치에서 바깥날을 지나 열 개의 발가
락을 따라 오른발로 다시 오른발 뒤꿈치에서
왼발로 다시

천천히 가만히 조용히 시간을 잠궈
이대로 그대로 연기로 사라져도 좋아
슬픔도 다정함도 아무 느낌도 없이
그대가 없음으로 가득한

하루가 간다

하루가 간다 2

소주를 마시다 거리를 걷다 사랑을 나누다 흐
르는 참아도 흐르는 닦아도 흐르는 웃어봐도
흐르는 그대가 내 안에서 빠져나가는

안 돼요 이렇게 보내고 싶지 않아요 눈을 한
껏 크게 뜨고 이를 아프게 꽉 무는데 주르륵

주르륵

사랑을 모른다면서 사랑한 시간은 사랑일까
요 그때 할 수 있는 사랑을 한 것이 사랑일까
요 옛 가수의 노랫말처럼 너무 아픈 사랑은
사랑이 아니었던 걸까요 모르겠어요

이제는 사랑하지 않겠어요 나도 그대도 세상
모든 것들도 감히 사랑한다 말하지 않겠어요
사랑이라 생각했던 순간들을 기록하는 건 반
성문을 쓰는 일이에요 주먹질 한 번 않고 이
렇게나 많은 상처를 주다니 가장 깊은 곳까지
열린 문으로 성큼 들어가선 죄다 뒤엎고 빼앗
고 불을 지르고 떠나다니 그러고도 다시 껴안
고 사랑한다니

도대체 사랑은 사랑하는 우리는 어떤 존재일
까요 알 수 없어 두려워요 사랑을 않겠다고
다짐하는 이 순간에도 후벼파는 통증과 함께
뇌 속으로 침투하는 사랑은 그대는

                                        왜!

답답한 욕망을 쏟아내고 얼른 잠들고픈 자위
말고
적당히 따듯한 두 몸을 넓게 꼭 포갠 채
흔들흔들 서로의 슬픔을 녹이는 섹스를 원해

내 삶에 지쳐 네 힘든 목소리가 지겨울 때
사랑을 알 수 없어서 사랑한다 말하기 망설일
때

잊고만 싶은 하루들을 버티다 만난 너에게
죽고 싶어 외에는 아무 말도 떠오르지 않을
때

네 목을 끌어안고 온몸을 맡긴 채
세상도 나도 사라지고 네 숨소리만 남는

섹스를 원해

우리 이대로 헤어져요
안녕 마지막 인사도 말고
연락도 만남도 눈빛도 말고
다시 만나지 못할 각자의 길을 가요
다리 힘이 풀려 털썩 주저앉더라도
뒤돌아보지 말고 계속 걸어요

우리가 함께하던 곳에는 지금 아무도 없어요
함께 들었던 노래들만 소음과 함께 흘러나와
요
못다 한 이야기처럼 남겨진 마음처럼 외로워
요
하지만 이제 눈물이 나면 혼자 닦아야 해요

미안해요
정말 미안해요

우리 이대로 헤어져요

우산 없이 나섰다 와르르 쏟아진 비에 젖어
며칠을 앓고 있어요 자꾸 열나고 콧물 나요
떠는 몸 녹여줄 젖은 마음 말려줄 그대 목소
리도 체온도 곁에 없는데 무릎을 안고 누워
뜬 눈으로 뒷머리를 찌르는 통증만 세는 밤

그 비가 그대였나요

나 없이 잘 지내는 그대가 싫었는데
그대 없이 잘 지내는 내가 있어요

친구들과 박수치며 웃고 큰 소리로 떠들어요
좋아하는 김치찌개를 첫 숟갈부터 마지막 국
물까지 맛있게 먹어요
불금을 보낸 후 토요일 새벽부터 일요일 아침
까지 긴 잠을 자요

잠실에서 뚝섬까지 한강을 따라 걷는 퇴근길
우연히 마주친 그대의 인스타그램 풍경 사진
한 장

멍하니 폰 화면만 바라보다가 그만

와르르

가끔은 내가 도살될 날을 기다리는 돼지 같아
뭐라도 하며 잘 지내보려 애쓰고 있어
걷고 읽고 쓰는 게 도움이 되더라
오늘은 우산 없이 서울숲에 나왔어

비 오네

넌 어떻게 지내?

읽음 그리고

그대는 더 좋은 사람 만나야 해요
그대는 더 나은 사랑할 자격 있어요
그대는 오롯이 그대를 위한 선택을 해야 해요
하지만 혹시나

노려보기 울기 때리기 소리 지르기 같은 참았
던 행동이 있다면 물어봐야 할 켜켜이 쌓인
답답함이 있다면 받아내야 할 못난 마음이 조
금이라도 남았다면

그대가 원하는 만큼 머물다 가요
하지만 이제는

손가락 사이로 모두 빠져나가 버린
전할 수 없는 이야기

전할 수 없는 이야기

그대가 많이 힘들어하던 날 그대에게 힘이 못 되는 무력함에 좌절한 나에게 그대가 울며 소리쳐요 나는 죽어버리고 싶은데 너는 네 감정에만 빠져 있냐고 이 순간에도 내가 네 눈치를 봐야 하냐고 더는 못하겠다고 그대는 돌아서 걸어가요 할 말도 갈 길도 잃어버려 어찌할 바를 모르는 내게 돌아와 나를 껴안는 그대를 꼭 안아요 미안해요 미안해요

그대는 내 것인 적 없어 잃을 수 없는 사람
지금은 곁에 없는 그대를 사랑하고 있어요
그대에게 배운 사랑이에요

그대에게 고마워서 쓰는 글 2

우리는 다시 만나게 될 거야 다른 우주에 있
어도 다른 시간 속에 살아도 다른 존재로 태
어난다 해도 어떤 일이 있어도 우리는 다시
만나게 될 거야 우리는

함께할 거야
꼭 함께할거야

우리는

* '옛이야기와 함께 하는 마음 그림책 만들기' 프로그램
  에서 만난 '호랑이'님이 만드신 그림책에서 허락받고
  가져온 문장을 반복 재구성하였습니다.

이어폰 없이 혼자 오래 걸을 때
쭉 뻗은 도로를 한참 운전해야 할 때
잠 못 들고 가만히 누워 초침 소리만 세고 있
을 때
지금

당신에게 전화하고 싶은 마음이
커져요 가득하게 깊어져요 아득하게

공일공 삼XXX XXXX
당신의 전화번호만 조그맣게 발음해 봅니다

당신의 전화번호

고마워요 당신은 내게
'사랑 안해',
'총 맞은 것처럼'이 아닌
'잊지 말아요'로 남아 있습니다

우리의 사랑은 당신에게
어떤 노래로 남아 있나요

백지영의 이별 노래

멀리 있는 당신
좋은 날 마시고 싶다는 와인들은 그대론가요
자꾸 짜증난다던 김아무개와는 편안한가요
말 없이 흐르던 눈물들은 잘 지내나요
새로운 사람과의 사랑은 안녕한가요

그저 당신의 이야기들이 궁금해요
당신의 오늘이 당신의 마음이 듣고 싶어요
당신의 안녕을 빕니다

사실은 당신의 연락을 기다려요

귀가 예민한 나를 위해 당신은
조용한 곳에서 블루투스 이어폰이 아닌 직접
휴대폰을 들고 전화를 걸었어요

귀가 예민한 나를 위해 당신은
키가 달라 잘 닿지 않는 데도 섹스 중에 꼭 내
귀를 살짝 깨물거나 혀로 핥기 위해 턱을 들
었어요

그 마음이 새삼 고맙고 사랑스러워서 정성껏
귀를 씻고 있어요
당신이 오래 사랑한 나를 이제는 내가 돌보고
있어요

귀를 씻으며

아침 출근길에
회사 건물 지하 식당 테이크 아웃 코너에서
사원증을 대고
흑임자 미숫가루를 샀어요

얼름이 들어 차갑고 매끈한 은색 캔에 맺힌
물방울들 마다 당신이 있습니다

당신이 참 좋아했는데
당신이 참 좋아할텐데

딱 당신의 취향

떠난 당신만큼 내가 마음껏 사랑할 수 있는
사람이 있을까요 헤어지고 나서야 시작되는
마음이 있음을 기쁘게 배우고 있습니다

이별 후에 시작되는 사랑이 있어요

자꾸 기운이 빠져요
멍하고 졸려요
무엇 때문인지도 알고 이러는 게 얼마나 자연
스러운 일인지도 알아요
그러니까 맞서지 않고 그대로 느끼려고요
내 안에 흐르는 생각들과 감정들을 모두 소중
히 여기려고요
문득 구체적인 문장들이 떠오르면 받아 적으
려고요
그러면서 사랑하려고요
네, 사랑하고 있어요
사랑해요

자꾸만 계속

아,

나에게 시를 선물하려고 당신은 떠났군요

아,

지구는 사막이 되어 간다는데
당신은 얼마나 깊고 단단한 구름이길래
내내 비를 쏟고도 여전히 나의 세상을 뒤덮고
있나요

아, 2

당신과만 쓰는 메신저에 알림이 떠 반가운 마음 놀란 마음 걱정되는 마음에 얼른 확인해봅니다

광고네요

당신과의 대화방에 혼자 무릎을 안고 앉아 업데이트 되지 않는 이야기들을 듣고 있습니다

알림

찰칵
찰칵

나 여기 있어요
나 이거 먹어요

귀찮아 하던 사진 찍기가 이제는 습관이 되었
어요
환하게 답하는 당신은 없는데

사진 찍기

갤럭시 폴드 스마트폰의 큰 화면 속
귀엽고 사랑스러운 개와 고양이들이
이리저리 움직이며 사고를 치고 사고를 치고
사고를 칩니다
한참을 넋 놓고 빙그레 웃다가 당신에게 공유

할 뻔

입은 아직 웃는데 눈 앞은 조금씩 뿌옇게 흐
려져 좋아요만 얼른 누르고 폰을 덮습니다

인스타그램 추천 영상 공유

어떤 사랑은 헤어진 후에 완성되어 갑니다

아, 3

당신이 떠난 뒤에야

나는 당신과 함께 하고 있어요

거리의 잎사귀와 꽃과 교통표지판의 신호등
에서

나는 당신을 발견합니다

화장실에서 볼일을 보며, 영화관에서 빈 컵꽂
이를 보며 문서 프로그램의 깜박이는 커서를
보며

나는 당신을 발견합니다

나는 당신을 발견합니다

당신은 완전히 자유입니다
이것이 나의 사랑입니다
당신에게 건네는 나의 마음, 나의 선물입니다
아름답고 우아하게 날아가세요
나는 당신이 돌아올 수 있는 돌아오지 않아도
좋은 당신을 위한 사랑입니다

고백

당신은 담쟁이 넝쿨

콘크리트 벽을 타는 초록

살아있어 달라는 부탁

세계와 연결된 선

가득한 사랑

당신은

나 할 일 많은데
왜 이렇게 심심하지

갑자기 시간이 텅 비는데
왜 채울 수가 없지

.

이상한 일

혼자서도 잘 지내기로 했는데
아침부터 밤 늦게까지 답답한 일, 속상한 일,
긴장되는 일, 억울한 일 많았던 날

겨우 마무리하고 집에 가는 버스를 기다리는
데 비는 한 방울 두 방울 내리기 시작하는데
전화할 당신은 없는데 혼자서도 잘 지내기로
했는데

약속

돈을 부칠 수도
꽃을 보낼 수도
안부를 물을 수도
손을 꼭 잡고 와락 부둥켜 안을 수도 없는 우
리 사이

흐르는 강물에
선선한 바람에
부서지는 파도에
함께 듣던 노래에 실어 사랑하는 마음만 보냅
니다

당신에게 잘 도착했나요

내일을 위해 너무 늦지 않게 자기
살 찌면 무릎도 허리도 아프니까 체중 관리
하기
하루에 한 끼는 꼭 밥으로 챙겨 먹기
일하고 난 다음 후회도 자책도 말고 잘했다
격려하기
감당 못할 일들 떠안지 말고 때로는 거절도
하기

나를 살뜰히 돌보던 당신은 이 모든 걸 숙제
로 내고 떠나고 저는 말 잘 듣는 아이가 되고
싶어 매일 열심을 냅니다

언젠가 당신이 참 잘했다고 미소 지어 주기를
바라도 될까요

이별 숙제

'관계는 구원이 아니라 배움의 통로'일 뿐이
라고 당신을 만나면서도 외로움과 절망 속을
헤매며 되새겼던 말인데

당신은 떠나고서도 제게 사랑을 가르칩니다
당신은 흔적만으로 제 영혼을 살립니다

관계는 구원이 아니라 배움의 통로
* 가우르 고팔 다스의 《아무도 빌려주지 않는 인생책》,
  원문은 '관계는 구원이 아니라 깨달음의 통로다'.

죽음을 생각하면 힘이 빠지고 슬프기도 하지만, 가끔은 아주 편안해지기도 해요. 체홉의 희곡 '바냐 삼촌'의 마지막 대사 '우리는 쉴 수 있을 거예요.'가 떠올라요. 아, 정말 쉴 수 있겠구나 싶어요. 깊은 안식이겠죠. 아니면 모험일 지도요.

잠시 숨을 돌리는 것도, 바닥을 혹은 하늘을 보며 한숨 쉬는 것도 작은 죽음들이잖아요. 매일 잠에 드는 것도 죽음 연습이잖아요. 아득한 미지의 세계로 넘어가는 의식이잖아요. 믿음을 가지고 용기를 내어 자신을 맡기는 일이잖아요. 내가 나로 살 수 있는 곳, 호그와트로 가기 위해 벽으로 달리는 마음으로

우리 잘 살다가 잘 죽기로 해요. 좀 이상한가요? 거기서 잘 지내라는 말이에요.

죽고 싶다는 말은 아니고

당신이 마지막 편지에 썼죠
서로 너무 미워하지 않는 지금
서로 너무 사랑하지 않는 지금 떠난다고

아이스 아메리카노는 얼음이 다 녹도록 못 마
셨지만 카페의 로고가 그려진 티슈는 많이도
쓰면서
내내 울었지만 가끔은 웃으며
미안하다는 말은 수없이 반복했지만
여전히 사랑한다는 말도 여러 번 했지요
우리의 힘들었던 사랑을 당신의 빛나는 칼로
아름답게 끝내줘서 고마워요

그때도 그 후로 여러 날 동안도 이 글을 쓰는
지금도
내 손등을 쓰다듬던 당신의 손바닥을
눈물이 흐르고 흐르던 당신의 두 뺨을
내가 아주 오래 바라보다 입을 맞출 수 밖에
없었던 눈동자를 기억해요
사랑한다는 당신의 목소리도 예뻐요 예뻐요

당신이 마지막 편지에 썼죠
서로 너무 미워하지 않는 지금
서로 너무 사랑하지 않는 지금 떠난다고요

나는 당신이 하나도 밉지 않아요
어떤 원망도 하지 않아요
스스로의 행복을 위해 용기를 내는 당신이 자
랑스러워요
다리에 힘은 풀리고
눈물은 계속 흐르고
목소리는 내내 떨리지만 당신은
어느 순간 보다 더 아름다워요
예뻐요

그날은 희미하게 이 순간 선명하게 나는 깨달
아요
우리는 서로를 너무 사랑하지 않는 게 아니에
요
당신은 나를 떠나며 내내 울 만큼 나를 사랑
해요

나는 힘껏 웃으며 당신을 보낼 만큼 당신을
사랑해요
지금도 잘 지내 달라는 당신의 마지막 부탁을
지키기 위해 매일 이를 악물고 눈물을 참을
만큼 나는 당신을 사랑해요

내 사랑이 부족해 가끔 울더라도 용서해주세
요
아주 가끔만 정말 잠시만 그럴게요
언젠가 우리가 다시 만날 수 있을 때 당신의
친구가 될게요
그때는 뜨겁지 않을 거예요
당신을 안지도 만지지도 않을 거예요
편안하고 다정한 영원한 친구가 될게요

이 글은 당신의 마지막 편지에 답하는 나의
첫 번째 편지예요 또 쓰고 또 쓸게요 사랑해
요

RE:

당신은 거기서 안녕한가요
나는 여기서 잘 지내고 있어요
나도 당신처럼 잘 지내려고 애쓰고 있어요
일하다가 웃다가 그리워하다가 울다가
당신께 받은 사랑으로 오늘을 살고 있어요

지금도 당신이 좋아요

당신의 '좋아요'에 답함

바닥이 없어요
목소리도 없어요
들고 나는 물길도 없고요
더 이상 바람도 불지 않아요

나는 그저 지나간 시간을 안고
파동도 물거품도 없이
당신으로 당신으로 가라앉고 있어요
어둠과 침묵만이 다정해요

당신이란 호수

꿀은 벌에게 돌려주어야 한다고
벌이 세상에서 사라지고 있다고
말하는 아름다운 마음들이 있어요

그 마음들에도 벌들은 점점 보이질 않고
당신은 나를 떠나 아무 소식이 없는데
나는 꿈에서 당신을 찾고 있어요

당신은 어디에서 혼자 우는 지 보이질 않고
나는 벌에게 용서를 구하는 마음으로 당신의
이름을 불러요

오늘 밤 나는 날이 밝도록 기다려도 좋으니
당신은 굴잠 자고 있기를 바라요

꿀은 벌에게 돌려주어요

자고 나면 8월 끝 9월 시작이겠지만, 여름 끝과 가을 시작은 늘 포개져 있어서 '어느덧'이라는 말이 어울려요.

마음도 그래요. 딱 잘라지지 않죠. 내 손을 떠났다고 다 끝났대도 이어지는 것들이 있어요. 어떤 상처는 흔적이 오래 남아요. 시간이 지날수록 선명해지는 감정이 있어요.

인생이 감옥이래도 지옥이래도 웃음이 터지는 순간들, 고마운 사람들 편안한 밤들이 있어요. 내 선택은, 말과 행동들은 완벽하지 않아요. 실수도 잘못도 많아요. 나로 인해 마음이 무너지고 삶이 힘들어진 사람들도 있어요. 그 기억들에서 완전히 자유롭지도 외면할 수도 없어요. 슬프고 미안하고 아득해요.

그대로 그대로 맞서지 않고 받아들여요. 모든 결과들이 내게 다가오고 스며들고 일부를 내 안에 남긴 후 빠져나가고 흘러가는 것들을 그대로 두어요. 붙들지도 말고 손바닥을 펴고 그저 연민으로 연민으로 바라봐요. 내 자신을, 당신을, 그들을, 우리의 인생을 그대로 안아요.

가을이에요. 9월이에요. 다정이에요. 사랑이에요.

가을 소감

돌아보며 제일 아쉬운 건
당신에게, 당신과 함께
쓰는 돈과 시간에 인색했던 순간들이에요

그날의 나는 그렇게 아낀 돈과 시간으로
어떤 만나지 못할 날을 준비했던 걸까요
지금의 난 당신의 고장난 폰도 못바꿔 주는
데,

절약은 무슨

뜨겁게 데워진 머그컵 두 손으로 감싸쥐면 추위에 언 손바닥 따끔따끔 간지럽고 삼각형 홍차 티백 조심스레 옆으로 밀어 후르릅 한 모금 마시면 달큰하고 향긋한 사과맛 사과는 어디 있을까 티백 속에는 없는데 가루로 녹아 있나 시럽을 넣었나 궁금해 하는데

어, 눈꽃 같은 사과 조각 하나 쏙 떠오른다 어, 이거 뭐야 근제 이거 하나 든 거야 풋웃음 나는데 둘셋, 넷, 다섯, 여섯 사과 조각들 떠오른다 어, 어, 뭐야 놀라는데 잠깐 사이에 자꾸 떠오르는 사과 사과 사과 조각들

자꾸 자꾸 자꾸 떠올라 머그컵을 채우고 머릿속을 채우고 마음 가득 채우고 넘쳐 소리 없이 주르륵 흐르는, 속절 없이 와르르 쏟아지는 당신, 당신의 조각들

'뚜레쥬르에서 울다' -애플블랙티(HOT)

아이를 가졌다며 우는 당신 앞에서 참 귀한
일이라고 정말 축하한다고 너무 기뻐서 우는
거냐고 뻔뻔하게 더듬더듬 말했습니다 집으
로 돌아와 책을 읽다가 문득, 유난히 꼭 말아
쥔 당신의 손이 떠오릅니다 너무 힘 주지 말
라고 긴장 풀고 편히 손을 펴라고 이제는 운
전도 말라고 전하며 당신의 손등 위에 손바닥
을 포개어 행복을 빌어줄 걸 더 많이 빌어줄
걸 더 많이 사랑할 걸 애꿎은 책표지만 자꾸
쓰다듬고 있습니다

눈물은 말고 축하와 축복을

당신의 손등 위에 내 손바닥 포개어 두고 긴 여행을 떠나요. 돌아오겠다는 말도 기다리겠다는 말도 없어요. 잘 다녀와요 하는 마음, 편히 지내요 부탁하는 마음만 나란히 걸어요. 자꾸만 떠오르는데 한없이 잠기는 이상하고 신비한 감각.

당신의 손등을 팔목을 귓등을 목덜미를 등허리를 손가락 끝으로 간질이고 있어요. 천천히 더 천천히 아슬아슬 닿게 긴 선을 그리며. 오스스 도는 소름으로 떨림으로 태어나는 당신. 내 손바닥 아래 당신의 손등은 보이지 않는데 점점 선명해져 오는 선명한 촉감.

깍지 낄 수 없는 붙잡을 수 없는 당신, 당신의 손등 위에 내 손바닥을 포개어 두고

손 위에 손을 포개다

당신만 떠난 줄 알았는데

지금 이곳엔 당신도 없고
웃음도 노래도 햇볕도 바람도 숲과 바다도 나
도 없습니다

없음

그날 밤 명동 낡은 5층 건물의 옥상에서 당신
이 달을 꿈이라 별을 희망이라 말해서 건너
편 의자에 앉은 사내가 담배를 피고 또 펴서
비빔밥에 반주로 마신 막걸리 한 잔이 저녁
내내 달큰해서 당신의 등 뒤에 선 가로등 불
빛이 이따금 깜박여서 잠깐 놓친 마음에 스쳐
본 당신의 얼굴이 고와서 입술이 붉어서

그후 여러날 밤에 당신이 뜹니다. 아득하여
눈 감으면 당신이 가득합니다. 나에게는 남은
꿈도 희망도 없는데 당신은 있습니다.

있 음

젤라토 아이스크림콘이 그려진 엽서를 골랐
어요 녹기 전에 맛있게 먹어요 하는 마음으로
아이스크림이 녹기 전에 이 순간이 지나기 전
에 우리, 사랑을 해요

시간은 모든 것을 과거로 만들어요 아무리 울
어도 돌아갈 수 없는, 우리의 오늘이 우리가
살아온 날들만큼 쌓인 어제들 중의 하루가 되
어버릴 날이라면, 우리, 사랑을 해요

지나갈 오늘을 함께 슬퍼해요 우리가 데운 공
기의 오소소한 감촉을, 혀에 닿는 눈물들의
맛을, 가장 가까이에서 발음된 속삭임을 기억
해요 잊어버리겠지만, 껴안아요 변해가겠지
만, 사랑한다 말해요 점점 희미해지다 퐁 사
라지겠지만, 웃다가 눈물이 나겠지만, 울다가
도 웃음이 터지겠지만, 돌아갈 수 없겠지만,
오늘은 우리, 사랑을 해요

메리 크리스마스

편지들

안내

이 여덟 개의 편지들과 몇 개의 장면들로 이루어진 짧은 소설은, 엇갈린 사랑에 대한 모호하고 음울한 이야기다.

이유운 시인이 진행하는 3주 동안 영화 보고 시 쓰기 수업에서 시 말고 내 마음대로 편지를 쓴 다음날, 두 번째 편지를 썼다. 앞으로 쓰게 될 글들 모두가 하나의 이야기를 이루리라고 직감했다. 끝까지 밀어붙여 사랑과 살인이 엉긴 졸작이 태어났다.

다소 개연성이 부족하더라도, 편지들에 거칠게 담긴 감정들과 욕구들을 그대로 느껴주길 바란다. 헌신과 욕망으로 뒤범벅된, 비뚤어져 상처를 주고 받는 사랑도 연민을 담아 "사랑!"이라 부르고 싶었다.

첫 번째 편지: 친애하는 R

　당신은 지금 코로나 확진으로 받은 일주일 휴가 후 오랜만의 출근이라 바쁜 오전을 보내고 있겠네요. 편지 쓸 시간은 당연히 없죠? 저는 일곱 시에 일어나 씻자 마자 최근에 배우기 시작한 스마트폰 드로잉으로 딸기 컵케이크와 주전자, 티백을 그렸어요. 출근길에는 당근으로 나눔한 책들을 보내느라 우체국에 들렀고요. 열 시가 다 되어서야 사무실에 도착해서 이 글을 쓰고 있어요.

　우리의 시간은 참 다르게 흘러가고 있구나. 새삼 깨달아요. 모든 시계가 각자의 속도로 가는 것처럼요. 이렇게 저의 시간을 멈추고, 당신의 시간을 들여다 보는 지금이 좋아요. 신이 된듯 편안하고 자유로워요.

　당신의 분주함, 약간의 짜증, 띵띵 울리는

메신저의 알람과는 별개로 타다닥 타닥 경쾌
하게 키보드 위를 달리는 당신의 손가락, 후
루룩 식은 커피를 마신 후 점점 동그랗게 뒤
집어지는 당신의 입술, 모니터 화면 여기저기
를 두리번거리는 두 눈동자 위에서 곡선으로
숨 쉬는 당신의 속눈썹들을 상상해요. 웃음이
나요.

　놀라운 가요? 다 보고 있어요. 충분한 시
간만 있으면 가능한 일이랍니다. 당신에게 제
시간을 드릴 수도 있는데, 원한다면 말해줘
요. 이런, 열한 시 반이 넘었네요. 제 시간이
움직이기 시작했어요. 배에서 신호가 와요.
오늘의 사내식당 메뉴는 갈릭치킨스테이크예
요. 줄 안 서려면 지금 나서야 해서 이만 줄일
게요. 안녕.

　　　　　　　　당신의 영원한 벗, K

두 번째 편지: 친애하는 R

　오늘도 당신의 편지는 없군요. 집에 들어올 때마다 우편함을 들여다 보고 손을 넣어 휘휘 저어보지만, 근처 헬스장의 이벤트 전단지, 아파트 담보 대출 안내지만 있어요.

　당신은 꼬박 꼬박 도착하는 제 편지가 우습겠지요. 제 손을 꼭 붙들고 울며 조금만 더 기다려달라는 당신의 손을 가만히 떼어낸 건 저였으니까요. 당신이 찾을 수 없게 이사를 하고, 연락처를 바꾼 것도요.

　그날 자리에서 일어나, 옷을 챙겨 입고, 양말을 신고, 겉옷과 가방을 팔꿈치로 들고, 하얀색 운동화를 구겨 신고, 딸각, 문의 이중 잠금 장치를 풀고, 띠리릿, 도어락을 열고, 덜컥, 문 손잡이를 내려 밀고, 가슴을 치는 바람에 명치가 뚫리는 해방감을 느끼며,

떠난 건 저였으니까요. 아랫집에서는 저녁으로 삼겹살을 굽는지, 흰 연기를 타고 온 고기 냄새가 문 밖을 서성였는데, 당신은 몰랐겠지요? 제 뒤로 쾅! 하고 세게 닫힌(아, 그건 맹세코 바람 탓이에요. 저는 문을 천천히 놓아줄 힘이 없었을 뿐이고요.) 문은 오랫동안 열리지 않았으니까요.

그날 제가 우리는 이제 끝이라고 했었나요. 우리 이만 끝내자고 했었나요. 정말 기억이 안나요. 혹시 기억하고 있다면 알려줘요. 당신은 끝낼 수 있었나요? 우리는 정말 끝났나요? 알고 있다면 제발 답해주세요.

당신의 하나뿐인 Estrellita, K

* Estrellita: 스페인어로 작은 별이란 뜻, 애칭.

세 번째 편지: 친애하는 R

　오늘도 당신의 편지는 없네요. 당신이 있는 곳에는 펜도 종이도 없나요? 이제는 나를 사랑하지 않는 것뿐인가요? 나를 사랑하긴 한 건가요? 저는 영영 몰라요.

　당신을 떠난 밤이 가고 뜬 눈으로 맞은 다음날 밤 당신의 낡은 오피스텔을 찾아 갔어요. 당신은 한번 잠들면 옆에서 TV를 크게 틀고 술을 마셔도, 엉엉 울며 코를 풀어도, 허리를 껴안고 종아리를 간질여도 깨지 않죠. 도어락 비밀번호도 그대로, 이중 잠금 장치는 안 걸어둔 문이라 벌컥 열고 신발을 신은 채 성큼성큼 들어갔어요.

　바깥 바람이 차게 들이치는데도 당신은 평온하게 바른 자세로 누워 눈을 감고 있었죠. 갑자기 죽은 건 아닌가 싶어서 누운 당신의 코에 얼굴을 바짝 대보니 여전히 따스하기도 선선하기도 한, 나를 웃게 하는 바람이 불어오고 갔죠. 아, 이대로 시간이 멈추었으면, 이대로 당신 곁에 누워서 눈을 감았으면, 잠깐, 생각했어요. 하지만 안돼요. 저는 할 일이 있어 당신을 찾아간 거니까요.

먼저 머리맡 이불 위에 충전 중인 당신의 휴대폰을 집어 들어 전원 버튼을 꾹 눌러 껐어요. 그리고 오는 길에 마트의 캠핑 코너에 들러 산 번개탄 다섯 개를 꺼냈어요. 그렇게 묶어서만 팔더라고요. 치사하게. 비닐 봉지 부스럭거리는 소리가 아주 크게 났어요. 역시 당신은 평화롭게 자고 있네요. 또! 혼자만! 치사하게!

제가 본 영화 속 차에서는 하나면 충분하던데, 네 평 방의 공간을 가득 채우려면 몇 개가 필요한 지는 아무리 검색해도 나오지 않더라고요. IT 강국은 무슨! 저는 기억했어요. 화

재경보기는 주방 쪽 천장에 있어서, 평소에는 열어두고 쓰는 방의 중간 문을 닫고 침대 바로 옆에서 불을 피우면, 연기가 닿지 않아 울리지 않을 거예요. 여덟 평 방도 네 평으로 줄어드니 번개탄 묶음은 하나만 사도 되겠지 싶었어요. 당신은 종종 제게 너무 충동적으로 산다고 한 번에 너무 잔뜩 산다고 잔소리를 했죠. 어때요? 오늘은 꽤 알뜰하게 준비했죠? 계산을 하고 마트를 나서며 뿌듯했어요. 그러니까 R, 나를 칭찬해줘요.

당신을 흔들어 깨우고픈 충동을 참고 주방 찬장으로 가서 제가 샀던, 두껍고 넓적한 그릇 다섯 개를 꺼냈어요. 하얀 목련이 그려진, 아, 이거 본차이난데, 아깝지만 이것 밖에 없으니까요. 당신 곁으로 돌아와 정성껏 하나하나 비닐 껍질 그대로 번개탄을 올리고, 하나 하나 불을 붙였어요. 꽤 시간이 걸려 마지막 다섯 개째에 빨간 불을 심었을 때는 머리가 핑 돌고 어지럽기까지 했어요. 아, 이대로 시간이 멈추었으면, 이대로 당신 곁에 누워서 눈을 감았으면, 잠깐, 생각했어요.

하지만 평화는 늘 당신의 것이죠. 제게는 어울리지 않는다는 걸 알고 있어요. 자면서도 미소를 짓고 있는 당신, 좋은 꿈을 꾸나 봐요. 일을 마치고 집을 나섰어요. 헤어진 날 이후로 당신을 찾아가지 않았다고 거짓말 해서 미안해요. 하지만 맹세코 그날이 마지막이었어요.

이 편지를 쓰며 위스키를 반 병쯤 마셨더니 좀 어지럽고 힘드네요. 자야겠어요. 근데 정말 당신이 있는 곳에는 펜도 종이도 없나요? 이제는 저를 사랑하지 않는 것뿐인가요? 나를 사랑하긴 한 건가요? 저는 영영 몰라요.

당신의 영원한 Mystery, K

그날의 음성메시지

　"K, 나야, R. 전화 계속 안받네. 요즘도 음성사서함이 있더라. 옛날엔 서로 시도 읽고, 노래도 부르고, 웃긴 이야기, 둘이 함께 했던 추억들 생각나면 남기고 같이 듣곤 했는데, 오랜만에 혼자 말하려니 어색하네.

　어제 그렇게 너 보내고 내내 마음이 안 좋아. 너 힘들게 버티고 있는 거 아는데, 비겁하게, 너 만나면 너무 좋으니까, 너 없이 살 자신은 정말 없으니까 조금만 더 조금만 더 네 곁에 이대로 있고 싶었어. 그런데 결국, 이렇게 됐네. 미안해. 내가 다 미안해.

　널 붙들 자격 없는 것도 알아. 알지만, 아는데, 근데 나 계속 기다리려고. 아무 것도 안 바꾸고 여기 있으려고. 그러니까 혹시 나 보고 싶으면 연락해. 그냥 와도 되고, 나 없을

때 와도 되고, 너 하고 싶은 것만 하고, 너 가고 싶을 때 가도 되니까,

이 거 확인하면 꼭, 꼭 연락 줘. 많이 보고 싶다. 사랑해. 지금도. 긴 시간이 지나도 그럴 거야."

딸깍.

"삐, 2017년 1월 10일 오후 11시 15분에 도착한 메시지 입니다. 메시지 7일간 보존은 1번, 메시지 삭제는 2번, 메시지 전달은 3번, 반복 청취는 4번, 이전 메시지는 5번, 다음 메시지는 6번을 눌러주십시오. (…….) 눌러야할 시간이 지났습니다. 메시지 7일간 보존은 1번, 메시지 삭제는 2번……."

네 번째 편지: J에게

미안해요. 오랜만의 편지인데 시작부터 미안하다는 말을 하네요. 미안해요. 당신은 거기서 일 하느라 바쁠 텐데, 저는 최근 몇 년 동안 당신이 아닌 사람을 사랑했어요.

그 사랑도 끝났어요. 헤어진 다음 날 밤, 그 사람이 제가 자고 있는 방에 번개탄을 피웠어요. 웃을 일이 아닌데 웃음이 나네요. 제가 죽는다면 당연히 당신일 줄 알았는데, 그렇게 믿었는데, 아닐 수도 있구나 해서요.

평생 살 이유를 잘 몰랐는데 두 번이나 죽을 뻔하니 살고 싶네요. 당신처럼, 그 사람처럼. 살아보고 싶어요.

J, 나를 사랑해줘서 고마워요. 건강해요.

추신, 협의이혼계약서 같이 보내요. 얼마
안 되는 재산은 정리해서 송금할게요.

　J, 나를 찾아올 건가요?

　　　　　　　　　　　　　　　　　　R.

다섯 번째 편지: B에게

B, 어떤 사랑은 배신에서 태어납니다. 오늘 아침에 남편, 아니 이제 전남편이 될 R이 보낸 편지와 협의이혼계약서를 받았어요. 커피를 마시며 천천히 편지를 읽고, 한 잔 더 마시며 계약서를 읽는 제 마음은 평온했어요.

R은 그런 남자였어요. 아슬아슬한 것들을 주워 모으는, 불쌍한 것들을 거둬 돌보는, 그것들을 바라보며 내가 살아있구나 안심하는. 별거를 선언하고 미국으로 건너올 때 이미 알았어요. 저와 사는 내내 텅 비어 있던 그의 눈에 다시 누군가를 들이리라는 걸요.

그게 개나 고양이가 아니라 정신질환이 있는 남자라는 것은 좀 놀라긴 했어도 모른 척 눈 감았는데, 그 관계가 끝나고 자신의 불륜을 고백하며 이혼하자는 편지를 보낼 줄은,

몰랐네요. 없던 일로 해도 될 텐데. 바보 같이.

R은 그런 남자였어요. 자꾸만 뒤를 돌아보는, 혼자 자기 안을 들여다 보는, 굳이 스스로를 괴롭히며 내가 살아있구나 슬퍼하는. 편지에 재산의 대부분을 제게 보내겠다고 적은 걸 볼 때 이미 알았어요. 그가 내내 자신의 지옥에서 살았다는 걸요.

B, 어떤 사랑은 배신에서 태어납니다. 후후, 사랑이 아닐 지도요. 어쩌면 배신도 아닐지도. 이제 우린 어떻게 할까요? 당신의 생각을 듣고 싶어요.

당신의 J

J의 작업실

"B, 어때? 내가 즉석으로 지어낸 편지를 들은 소감이. 우리 R, 너무 사랑스럽지 않아? 요즘 사람 같지 않지? 요령도 없고, 재미도 없고. 이 편지도 나름 R을 따라해 본 건데. 어때? 응?

처음 만날 날도 그랬어. 생각 보다 일이 잘 마무리가 안돼서 잔뜩 짜증이 났었는데, 그날 따라 택시도 안 잡히는 거야. 성질이 나서 들고 있던 하이힐을 냅다 던졌는데, 모퉁이를 돌아 나오던 R이 자기 가슴께로 날아오는 구두를 두 손으로 받았어. 놀랐겠지. 근데 그대로 뒤로 날아간 나머지 한 짝까지 주워 드는 거야. 느릿느릿, 하여간 그때도 굼떴어. 그리고는 멍하게 서 있는 나에게 다가와 내밀었지. 내가 계속 정신을 못 차리고 가만히 있으니, 가만히 내 발 앞에 하이힐을 놓고 가는 거야. 신기 좋게 가지런하게 두고, 뚜벅, 뚜벅, 뚜벅, 뚜벅, 뚜벅, 뚜벅.

B, 나 꽤 예쁜 편이지 않아? 그때는 십 년도 더 전이니 지금 보다 훨씬 예뻤다구! 근데 한 번도 뒤돌아보지 않고 사라졌어. 그게 근데 그렇게 짜릿하더라? 어느새 내가 화가 많이 났다는 걸 잊어버리고, 빵 터져서 한참을 웃었지. 다음 일은 K와 하겠다고 다짐했어. 그날 망친 일은 까맣게 잊어 버렸어. 무슨 일인지는 알지? 지금 너랑 하고 있는 거. 근데 아까 편지를 읽으니까 다시 R이 당기네. 아니면 K부터 만나볼까? B, 네 생각은 어때?

아, 아, 맞다. 혀는 진작에 잘랐지. 아무튼 넌 이제 재미없어. 그만 끝내자. 너도 그게 더 낫지?"

여섯 번째 편지: K에게

K, 잘 지내고 있나요? 저는 잘 지냅니다. 매일 같은 시간에 일어나, 같은 옷을 입고, 같은 일을 하며 대여섯 가지 메뉴를 돌아가며 먹어요. 당신은 종종 이런 제가 지루하다고 했죠. 여기는 한국에서 살던 작고 낡은 오피스텔에서 아주 멀리 떨어진 곳이에요. 일년의 대부분이 더워요. 아주 덥거나, 조금 덥거나, 후덥지근하거나, 쨍하게 더워요. 저는 잘 지내고 있어요.

꽤 긴 시간이 지났는데도, 헤어진 다음 날, 아니 그 다음 날로 넘어가는 새벽에 당신이 찾아온 날의 감각이 생생해요. 미안하다고, 보고 싶다고, 사랑한다고 음성메시지를 남기고 누워 선잠이 들었죠. 그러다 어렴풋이 정신이 들었을 때, 당신의 얼굴이 아주 가까이 있었어요. 제 심장이 크게 뛰었지만 당신

은 알아채지 못하고, 끊임없이 말하며 내 휴
대폰을 찾아 끈 후 주머니에 넣고, 부스럭 거
리며 봉지를 열어 번개탄 다섯 개를 꺼내고,
일어나 주방으로 가 찬장에서 본차이나 그릇
들을 꺼내 번개탄을 담고, 드르륵 무거운 중
문을 닫고, 하나 하나 불을 붙여 연기를 피우
고, 잠시 있다가, 그대로 나갔지요. 사랑해.
안녕. 두 마디를 두고서요.

　　문이 닫히는 소리가 나고서도 한참을 눈
을 뜨지 않았어요. 눈을 뜨면 눈물이 흐를 것
같아서요. 당신이 두고 간 목소리가 사라질
것 같아서요. 타국에 있는 아내 J를 두고도,
당신의 병을 알고도 당신을 사랑한 대가구나.
가만히 저의 끝을 기다렸어요. 의식은 몽롱해
지는데, 당신의 목소리는 점점 선명히 울렸어
요. 사랑해. 안녕. 사랑해. 안녕. 사랑해. 안녕.
사랑해. . . 꿈결에 당신이 돌아와 다정하고
사랑스러운 목소리로 저를 깨웠어요.

R? R! 정신이 들어요? 환자의 상태를 보러 온 간호사의 목소리였어요. 천천히 눈을 뜨니 병원이더군요. 당신은 없었어요. 창문 틈으로 연기가 새어 나오는 걸 본 환경미화원의 신고로 저는 의식이 없는 채로 구조되어 긴 잠을 자고 일어난 거예요. 당신도, 당신의 목소리도 없는 곳에서요.

퇴원 후 주변을 정리하고 떠나 온 이곳에서 지금까지 살고 있어요. 다른 사람을 한 번 만나보기도 했는데 얼마 못갔어요. 이제 연애는 그만하려고요.

K, 잘 지내고 있나요? 저는 정말 잘 지내요. 제 사랑은 지나갔어요. 당신도 꼭 그곳에서 누군가의 사랑으로, 자신을 용서하며, 잘, 살아요.

R.

일곱 번째 편지: K에게

K, 부칠 수 없는 편지를 계속 쓰고 있네요. 멀리 떠나오면 새로운 삶이 시작될 줄 알았는데, 매일 당신과의 하루들만 다시 살고 있어요. 하루씩 어제로, 어제로 가다 보면 언젠가는 당신을 알기 전의 나를 만날 수 있을 것 같아요.

1월이니 한국은 많이 춥겠네요. 이곳은 여전히 덥고 습해요. 며칠 전부터는 계속 비가 오는데, 아무도 우산을 쓰지 않아요. 아이건 어른이건 이리저리 뛰어다녀요. 비를 피하려는 게 아니라 그저 즐거운 듯 웃으면서요. 흠뻑 젖은 채로 흙탕물을 튀기면서요.

개들과 고양이들과 저만 지붕 아래에 앉아서 멍하니 비를 바라보고 있어요. 커피 한 잔 같이 할 수 있으면 좋을 텐데,

"……."

"R, 많이 기다렸어?"

J의 작업실: J와 R

　내가 눈을 뜬 곳은 J가 완벽하게 세팅한 작업실이었다. 두꺼운 투명 비닐로 사면의 벽과 바닥과 천장까지 꼼꼼하게 둘러 쌓인 작은 방. 나는 발가벗겨진 채로 바로 누워 있었고, 묶이거나 아픈 곳은 없었지만 움직일 수 없었다. J의 주사 때문이리라. 이렇게 죽는 구나. 바닥은 푹신했고, 공기는 따듯했다. 긴장이 풀려 눈을 스르르 감았다.

　"다시 자려고? 뭐 하러. 이제 곧 아주 많이 잘 텐데. 설마 이 세팅이 졸릴 정도로 편안한 거야? 하하. R, 넌 처음에도 그랬지. 연인인 나의 작업실에서 눈을 뜨더니 마치 다 알고 있었던 것처럼, 모든 걸 받아들이겠다는 태도로 눈을 감는, 그런 네가 신기해서 살려도 주고 결혼도 했는데, 다시, 여기네.

아무튼 내가 좀 늦었지? K를 만나고 왔어. 오해는 마. 손끝 하나 건드리지 않았으니까. 너희가 만나기 시작한 즈음부터 사진이나 녹음, 영상으로는 여러 번 봤는데 직접 본 적은 없어서 같이 차 한 잔 했어. 걱정 마. 별 얘긴 안 했어. 우리의 공통 주제는 R, 너 밖에 없잖아?

　너와 K의 이야기에 대해서 내가 알고 있는 것들을 좀 이야기 해줄게. 설마 네 편지를 읽고 내가 처음 알게 됐을 거라고 생각한 건 아니지?"

　J가 오른쪽 귀에 입술을 바짝 붙이고 속삭였다. 다시 눈을 떴지만 여전히 마음은 고요했다. 두 번째였으니까. J니까. J가 들려주는 이야기에 의하면 K는 내 방에 불을 지르고 사라진 후, 내가 살았던 오피스텔로 계속 편지 보냈다. 그 편지는 J의 의뢰로 나와 K를 감시하던 사람을 거쳐 J에게 전달되었다. J는 처음

부터 나와 K의 관계를 매우 흥미롭게 지켜봤다고 했다. K와 나 보다 우리 관계의 전말에 대해서도, 사건 이후의 나와 K의 삶까지도 아주 상세하게 파악하고 있었다. J는 자신이 아는 걸 차근차근 말해주었다. 종종 크게 웃기도 했다. 그리고 K의 편지를 하나씩 하나씩 읽어주었다. 눈물이 관자놀이를 타고 흐르고 또 흘렀다. K가 보고 싶었다. 살고 싶어졌다. J의 계획대로 인가? J는 살고 싶은 이를 죽이는 걸 좋아했으니까.

"여기까지야. 너와 K의 이야기. 내 이야기는 안 궁금할 테니 한 문장으로 말할게. 애들은 아무 것도 모르고 잘 크고 있고, 나도 일 잘 하고 있어.

자, 이제 잘 시간이야. R, 너는 아주 오랫동안 나를 기억해야 할거야."

말을 마친 J가 바짝 다가와 내 팔에 주사를 천천히 놓았다. 의식이 다시 멀어졌다. 꿈에서 K를 다시 만났다. 영겁의 시간 동안 사랑을 나누었다.

J의 작업실

　　R은 머리가 깨지는 것 같은 두통과 함께 정신이 들었다. J의 작업실이었다. 품에는 여전히 따듯하고 부드러운 몸의 J가 죽어있었다. 목이 메었다.

여덟 번째 편지: R에게

K에게 물었어. 널 죽일 계획인데 어떻게 생각 하냐고.

웃으면서 이미 죽은 사람을 죽일 수는 없다고 대답하더라. 살아있다고 네 사진을 보여 줘도 믿지 않더라. 자기가 없을 때 네 편지가 도착하면 안 된다고 집에 빨리 들어가야 한다더라. 가방을 안고 일어나다 다시 앉더니, 혹시 R을 만나면 자기가 답장을 기다리고 있다고 전해달라더라.

깡마른 몸으로 비틀거리며 돌아가는 뒷모습을 보는데 죽이고 싶은 마음이 사라졌어. 사람을 시켜 K가 잠든 사이에 간편식 같은 먹을 거리를 찬장과 냉장고에 채워두라고 지시한 지도 꽤 오래되었는데, 이상하게 여기지도 않으면서, 잘 챙겨 먹지도 않는 모양이야.

예전에 너를 죽이지 않은 이유가 죽은 것처럼 살고 있어서였는데, 함께 하며 너를 사랑하고서는 너를 죽이게 될 까봐 떠났는데, 너를 다시 살고 싶게 한 사람은 내가 아닌 K라니. 네가 사랑한 K에게 넌 오래 전에 죽은 사람이라니. K는 정신을 놓은지 오래라니. 너도 K도 죽이지 못하는 나도 재미없고. 아무튼 다 귀찮아졌어.

나는 여기 그대로 두고, K에게 돌아가. 네책상 아래 가방에 여권과 비행기표 뒀어. 평생 먹고 살만한 돈도. 여기 처리는 이미 부탁해뒀어. 입과 목 쪽은 세 시간 정도 더 얼얼할거야. 마취가 풀리면 한동안 아플 거고. 가방에 항생제, 진통제 있으니 먹고. 네 목소리는 내가 가져갈게. 날 기억해. 널 살려준 사람으로. 널 사랑한 사람으로.

J.

Epilogue 1. R의 기록

K가 웃는다 햇살처럼 달빛처럼 울고, J는 떠났다 늑대처럼 내 심장을 물고

나는 텅 빈 채로 위태로운 K를 보살폈고, J의 흔적에 천착했다 목소리를 잃은 날부터였다

J는 혐오했다 거짓말을 구구절절한 사연을, J는 사랑했다 나의 잿빛 고요를 작고 낮은 허밍을

내가 좋아한 유일한 가수인 신승훈의 4집을 여는 'With you in the rain... (Prologue)'을 종종 따라 부르던 J는 떠났다. 늑대처럼 내 심장을 물고 허밍 소리는 끊이지 않고

Epilogue 2. J의 감각: 생과 사

　　R의 벗은 몸은 평범했지만 군살 없이 단단했다. 왼쪽 귀와 뺨에 닿은 오른쪽 팔도, 오른쪽 허벅지 안쪽으로 느껴지는 배도, 옴폭 파인 발바닥의 안쪽으로 쓸어 내리고 올리는 허벅지도 따뜻했다. 너무나 정확한 온도였다. 약 기운이 퍼지는지 숨에 따라 오르내리는 가슴의 움직임이 점점 잦아들었다 곧 심장이 멎고 그의 체온도 떨어지리라. 이대로, 그대로, J는 벌떡 일어나 가방을 뒤졌다. 그날 이후 R은 J의 비밀을 아는 유일한 산 자가 되었다. J의 사랑이 되었다.

　　벗은 R도, 그를 안은 J도 그날과 정확히 같은 자세다. R은 좀 야위었으나 여전히 따뜻하다. 몸이 기억하는 온도다. J는 발바닥의 안쪽으로 R의 허벅지를 쓰다듬는다. 정리하지 못해 까끌한 굳은살이 마음에 걸린다. 젠장,

완벽하지 않아.

　　낭패감이 밀려왔으나 J는 움직일 수 없다. 약 기운이 퍼지고 있다. 그의 감은 눈이, 그 아래 단단한 코가, 인중과 입술 사이의 상처가 흐려져 간다. J는 자신의 체온이 식기 전에 R이 눈을 뜰 수 있게 수면제의 양을 잘 맞췄는지 떠올린다.

　　R의 사랑이 되고 싶었다.

고마워요

이별 후에 시작되는 사랑이 있어요

: 슬프고 야하고 다정한 –개정증보판–

개정증보판 1쇄 인쇄 2024년 2월 7일

개정판 1쇄 인쇄 2020년 7월 1일

1판 1쇄 인쇄 2020년 5월 11일

1판 1쇄 발행 2020년 5월 11일

지은이 | 슝슝

펴낸이 | 슝슝

펴낸곳 | 사는재미연구소

이메일 | ccs27@naver.com

인스타그램 | @shyungshyung_w

사용된 폰트 | 마포꽃섬, 마포금빛나루, 제주명조, SF함박눈

* 책값은 뒷표지에 있습니다.